Bruxa de Pano

MARTHA AZEVEDO PANNUNZIO

Bruxa de Pano

JOSÉ OLYMPIO
EDITORA

© *Martha Azevedo Pannunzio*, 2002

Reservam-se os direitos desta edição à
EDITORA JOSÉ OLYMPIO LTDA.
Rua Argentina, 171 – 1º andar – São Cristóvão
20921-380 – Rio de Janeiro, RJ – República Federativa do Brasil
Tel.: (21) 2585-2060   Fax: (21) 2585-2086
Printed in Brazil / Impresso no Brasil

Atendemos pelo Reembolso Postal

ISBN 85-03-00733-9

Capa: Isabella Perrotta/Hybris Design

CIP-Brasil. Catalogação-na-fonte
Sindicato Nacional dos Editores de Livros, RJ.

Pannunzio, Martha Azevedo, 1938-
P22b   Bruxa de pano / Martha Azevedo Pannunzio. – Rio de Janeiro: José Olympio, 2002.

Contém dados biográficos
ISBN 85-03-00733-9

1. Literatura infanto-infantil. I. Título.

02-1092

CDD – 028.5
CDU – 087.5

Para mim
e para todas as meninas
que desejaram/desejam uma irmã

Sumário

Quem?	9
O que é, o que é?	10
1888	11
Tia Laurinda e nós	12
O sapo carola	15
Gato borralheiro	18
Como areia na ampulheta	22
A cobra que fuma	24
Sapo vira príncipe e pato vira anjo	28
Princesa-bruxa	31
Festa de Cosme e Damião	33
Olhos cor de...?	36
De carne e osso	40
O resto é resto	43
Perguntar o quê?	47
Mea-culpa	49
A mudança	50
A casa nova	54
A estrela pisca-pisca	57
Sete chaves para sete portas	63

As Três Marias	65
Noite. Céu. Estrelas.	68
Tiro-liro-liro	71
Uma irmã, por favor!	76
Carta para Papai Noel	78
Nunca pensei que...	81
Homem ou mulher?	84
Fala, boneco!	88
A obrigação dos ossos	92
Oito anos	96
Netos número 33 e 34	98
MEL	100
A permuta	103
Tudo eu?	105
Maria Rita e Ritinha	108
Um ratinho	113
Negócio desfeito	115
O príncipe	117
Cento e quatorze anos depois	119
Sobre a Autora	123
Glossário	125

Quem?

Tia Bisa tinha uns mil anos quando veio para nossa casa. Acho que nós duas chegamos juntas. Eu, num carrinho de capotinha, todo acolchoado. Ela, numa cadeira de rodas.

Ela ainda viveu cinco anos e encheu de alegria e de felicidade a minha vida que apenas começava. E, com suas bruxas de pano, amenizou a espera pela irmã que eu tanto desejava.

O que é, o que é?

É um paninho de amostra, de 20 × 30, pouco maior do que um palmo. De linho. Puído. Esgarçado. Desbotado.

Os três alfabetos bordados com lã colorida, em letras maiúsculas, de imprensa e cursiva, incluem as letras K e Y. No terceiro ela se esqueceu de bordar a letra U. Há uma seqüência numérica de 1 a 0. Duas guirlandas singelas enfeitam as laterais. Há um patinho, um ramalhete, um L e, espremidos entre os três abecedários, o nome da bordadeira — LAURINDA —, e o ano — 1900.

Estamos em 2002. Cento e dois anos se passaram. É fantástico que este paninho de amostra esteja aqui, nas minhas mãos.

1888

— Tia Bisa, quantos anos a senhora tem?
— Não sei. Muitos. Eu sou do tempo em que era falta de educação perguntar a idade dos outros — ela respondia. — Só sei que eu nasci quando acabou o cativeiro no Brasil.

O cativeiro? Quando, mesmo, acabou o cativeiro? Em 1888. Então os bordados haviam sido feitos pelas mãos de uma menina de doze anos, há mais de um século, e isto me emociona muito, porque foi a mim que ela presenteou com aquela relíquia.

Amanhã sem falta vou à vidraçaria. Quero vidro contra vidro e uma moldura de imbuia retinha, bem afastada do tecido. O *passe-partout* será a transparência da parede. Por que não pensei nisso antes? É claro que tia Bisa nunca virá morar comigo. Ela morreu há mais de quinze anos. Porém será como se estivesse por perto e isso me fará muito feliz.

Tia Laurinda e nós

𝒯ia Laurinda tinha uns mil anos quando veio para nossa casa. Ou mais, talvez. Acho que nós duas chegamos juntas. Eu, embrulhada em fraldas, cueiros e mantas e ela, em xales, emplastros e cataplasmas. Eu, num carrinho de capotinha, todo acolchoado. Ela, numa cadeira de rodas, de lona.

Mamãe implicou com sua presença desde o primeiro dia, assim contavam lá em casa. Porém minha mãe negava.

— Imagine! — ela dizia, se defendendo. — Tia Laurinda é uma coitada... tão caladinha... tão humilde...

Na verdade as duas não tinham nenhum parentesco. A velha era minha tia-bisavó por parte de pai. E vivia doente, com bronquite asmática. Tossia sem parar, principalmente de madrugada, e acordava todo mundo, menos meu pai, que, para não levar bronca, fingia estar dormindo um sono profundo.

Tia Laurinda já havia morado na casa de todos os familiares, vinte anos com um, oito anos com outro, doze anos na fazenda de não-sei-quem, aquele corre-cotia... Sempre assim, de déu em déu, porque não tinha para onde ir. Enquanto era forte, trabalhadeira, todos queriam sua companhia. Depois o reumatismo tomou conta. Foi ficando entrevada, as pernas não obedeciam. Então ela, sempre tão querida, tão solicitada, foi se tornando um estorvo, um peso morto, como se cochichava pelos cantos.

Papai tinha pena dela e, como era o único sobrinho-neto que morava em casa com quintal e quartinho no fundo, decidiu buscá-la para passar uns dias conosco até... Esse *até* acabou durando até o fim da vida dela, uns cinco anos mais, para sorte minha. E encheu de alegria, de esperança e de felicidade a minha vida que apenas começava.

Tia Bisa, era assim que eu a chamava, pitava e mascava fumo de corda, cuspia no chão o dia inteiro e tinha um cheirinho ardido, rabugento, motivos pelos quais minha mãe deu ordens expressas para que ela permanecesse no quintal a maior parte do dia.

— No quintal? — meu pai perguntou aborrecido.

— É, benzinho, no quin-tal! — mamãe explicou. — O sol da manhã vai lhe fazer muito bem!

Era um quintal enorme, cheio de árvores frutíferas, fresquinho, sombreado, só que às vezes ventava, chuviscava e nem Adelina nem Fia se lembravam de buscar a cadeira de rodas com minha tia. Aí era aquela chiadeira nos peitos, aquele febrão danado, remédio e mais remédio, tosse e mais tosse. E minha mãe virava um setenta.

— É a porcaria do fumo de corda! — ela repetia.

E meu pai rebatia:

— É o chuvisco... é o pouco caso com a pobre da velha! Eu vou dar um jeito de melhorar o ordenado das duas, você vai ver como o cuidado redobra!...

— É tuberculose, doutor? — minha mãe perguntava, preocupada com a possibilidade do contágio. — Nós temos quatro filhos pequenos...

— Por enquanto, não, mas é preciso prevenir uma pneumonia... se ela parasse de fumar, era bom...!

Parar de fumar? Ela? Ela pitava cigarro de palha, mascava fumo de corda e cheirava rapé. Era mais fácil parar de comer, parar de dormir, parar de rezar...

Se ao menos tivesse tido um neto!... Uma neta!... Uma bisneta! ... Mas, coitada, nem filho, que todo mundo tem, dúzias e dúzias, ela nunca teve nenhum.

O sapo carola

𝓜inha tia bisavó era mirradinha, asmática, filha única de mãe viúva costureira de ponta de vila. Sem dote, deu upa pra lhe arranjar marido quando chegou a hora. Se é que Joviano, com aquele jeitinho leteque, podia ser considerado marido. E, o que é pior, quinze anos mais novo que a mulher.

— Foi casamento de gosto, dona Laurinda? — perguntava Adelina de novo, toda vez, só para espichar conversa.

— De gosto da minha mãe.

— E o noivo, era cheio dos cobres? — perguntava a interesseira da Fia, só para espicaçar minha tia.

— Cheio dos cobres? Aquele um? Rá-rá-rá! Coitado! Não tinha um couro para dar um acesso em riba! Aliás, tinha três litros de chão, no cafundó-do-judas, e uma taperinha de adobe, que é onde, eu te falei já hoje, a gente morou a vida toda. Põe sentido na conversa, siá menina Fia, eta cabecinha lerda!

Adelina era mais romântica, queria sempre saber mais.

— Desculpe a minha curiosidade, tia Laurinda, mas um marido quinze anos mais novo do que a mulher, não é meio arriscado, não? A senhora era feliz?

— Feliz? Como assim?

— Uai, feliz!

— Antigamente todo mundo era feliz, minha negra. Todo mundo obedecia pai e mãe e ponto final.

— Feliz no casamento, tia Laurindaa, no ca-sa-men-tooo! — perguntava meio gritando a impertinente da Fia.

Pelo jeito o casamento havia sido apenas um casamentinho chué. Nem bom nem ruim. Aliás, cá entre nós, deve ter sido péssimo. Morno e cerimonioso, como se usava antigamente. Casamento arranjado. Mais silêncios que palavras, coitados deles dois! Na hora da raiva ela dizia entre dentes que ele era um sapo rezador.

— Aquele sapo horroroso que mergulhou na lagoa para buscar a bolinha de ouro da princesa, tia Bisa? — eu perguntava assustada.

— Não, Jove era um sapo-gente, de barba rala na cara. Um sapo carola. Eu detesto sapo — ela dizia tremendo de nojo. — Eco!

Joviano era devoto de Santo Expedito. Papa-hóstia. Porém a sogra, carola também, tinha por ele a maior afeição e a maior gratidão. Afinal tia Laurinda não era nenhuma beldade, não levara dote e tinha um gênio de cão.

Quando, muitos anos mais tarde, o caixão da sogra saiu pela porta da frente, o silêncio entrou pela porta do fundo e nunca mais foi embora. Nem bom-dia nem boa-noite nem travessa de louça nem forro na mesa para as refeições.

— Falavam nada, tia Laurinda? Nem oi?

— Nada! Nadinha! Quem muito fala dá bom-dia a cavalo, sabia, Adelina?

— E se não tiver nenhum cavalo por perto, dá bom-dia pra quem, tia Bisa? — perguntava a espírito de porco da Fia.

Minha tia não gostava de gente respondona, malcriada nem atrevida. Ficava tão magoada, tão transtornada, que as palavras custavam a sair, a gagueira piorava.

— To-ma te-nên-cia, me-ni-na! — era tudo que ela conseguia dizer em sua própria defesa.

Naqueles momentos suas mãos ficavam geladas e tremiam feito vara verde. Então as duas empregadas caíam em si e durante muitos dias o terreiro ficava cerimonioso, cheio de remorsos, de pequenas gentilezas e mudos pedidos de desculpa.

Gato borralheiro

Depois do enterro da mãe, Laurinda se mudou para o quartinho vago da velha. Joviano continuou todo espaçoso no catre de casal. Visita nenhuma.

O gato miava às vezes, pedindo comida. Miava baixinho, tímido como o dono, para não incomodar.

A cadelinha vira-lata, safada, volta e meia paria seis, oito filhotes. Laurinda não sabia onde enfiar a cara nos tempos de sem-vergonhice da Dondoca. Planejava um milhão de jeitos de dar sumiço na dita cuja, mas depois, quando os vira-latinhas nasciam, ela era só carinho.

Ele, mais igrejeiro do que ela, caseiro, gato de borralho, lavava os forros do altar e engomava com ferro de brasa, só vendo, que perfeição! Às vezes sapecava uma comidinha às carreiras, para não incomodar a patroa, e largava as panelas em cima da chapa do fogão de lenha, tampadas, bem asseadinhas.

Ela, pirracenta, fingia que não via. Comia pão velho, bebia água doce fria e, aflita feito uma lançadeira, fazia parto, curava umbigo de neném, dava banho em defunto, engomava saiote das primas bonitas, alvejava centos e centos de sacos de açúcar, bordava ponto de cruz no enxoval das noivas da redondeza. Às sextas e sábados, infalivelmente, assava quartas e quartas de biscoito, broa, quebrador, mãe-benta, brevidade, suspiro, rosca, rocambole, mané-pelado, pão de queijo, tudo quanto é quitanda deliciosa, nas casas de gente rica.

Joviano não era homem de fazer rodinha em porta de venda. Tirante as obrigações católicas apostólicas romanas, ele passava o dia inteirinho lidando no terreiro da chacrinha. Seco e verde, cestas e balaios repletos de legumes, verduras, frutas, flores e remédios saíam de lá para presentear a vizinhança e o senhor vigário. Esterco ele catava na rua, de graça, presente dos cavalos que por ali passavam o dia inteiro. Bosta de cavalo é cheirooosa!..., ele dizia, enquanto recolhia sem nenhum acanhamento as pelotas verdes, fresquinhas.

— Catava com a mão, tia? Que sapo mais nojento, esse seu Jove! Não quero esse tio sapo que cata cocô de cavalo na rua! — eu resmungava.

— Jove não era bem um sapo, minha boneca...

— A senhora falou que era...

— Eu estou caducando, não põe sentido no que eu falo, não... Tia Bisa anda muito trololó, não fala coisa com coisa... Ispia só este retalhinho chitado, que tetéia! Vou amarrar este lencinho de fulô na cabeça da próxima bruxa que eu fizer pra vancê, viu, meu cromo?

— Tia, eu estou falando de cocô de cavalo!...

— E eu estou falando de bruxinha de pano!...

Dia sete de setembro, nem que chovesse canivete aberto, ele empunhava a matraca e plantava milho do gasto num terreno baldio. Na ceia de Natal, depois da missa do galo, o milho verde cozido que enfeitava a mesa da família, era um presente dele. Entra ano, sai ano. E ainda garantia o trato da porquinha de brinco, parideira de mão-cheia, e das galinhas garnisés, cujos ovos miudinhos faziam fartura na casa de todo mundo. Plantava um talhãozinho de cana, outro de mandioca vassourinha, umas covas poucas de amendoim, melancia, abóbora-menina e fava pataquinha, só mesmo para não perder a raça. Quando o milho estava em ponto de pamonha, lá vinha ele com o feijão dentro da cuia do chapéu, três bagos em cada cova de milho, e era aquele farturão! Ele mesmo fazia melado, açúcar moreno, rapadura, polvilho, farinha de mandioca e pé-de-moleque.

— Eta siô Joviano batuta! — comentava a vila inteira.

Joviano era muito estimado, muito trabalhador, só não sabia ganhar dinheiro, o que matava Laurinda de raiva. Aliás, minto. Ele ganhava dinheiro, sim. Uns trocados, mas ganhava. Fazia gaiolas reforçadas, grosseironas, arranca-tocos, que não chegavam para as encomendas. Deixava para receber depois, um dia desses.

— Dia de São Nunca, depois da chuva, né, siô Jove?

— Larga de ser implicante, siá Laurinda! É tudo freguesia boa, amiga do peito! Se tivesse mais prazo, eu fazia mais gaiola.

— Se vancê tivesse mais prazo? Mais prazo do que vancê tem? Na pendura que a gente vive, tem que pôr a cabeça no lugar, tratar de ganhar dinheiro, um vintém aqui, um tostão acolá... de grão em grão a galinha enche o papo!...

— Dinheiro pra quê, siá Laurinda? Aqui em casa, graças a Nossinhô, tem de um tudo! — ele dizia enquanto fazia o pelo-sinal e, discretamente, beijava a medalhinha do Sagrado Coração alfinetada por dentro da algibeira da camisa.

— Graças a Nossinhô, é? Tá bom! Eu que não trate de queimar as mãos, os braços e a cara no fogão de lenha dos outros, no final de semana, pra ver se esse — *de um tudo* — cai do céu na nossa cabeça!

Como areia na ampulheta

— Sabe ampulheta, aquela peça de vidro cinturada, com uma areiazinha dentro? Pois é...

O casamento sem filhos, sem assunto, sem amor, foi se exaurindo como areia na ampulheta. Presidiários conformados, cumprindo pena de reclusão na mesma cela há mais de vinte anos! Nenhuma reivindicação, nenhum projeto, alegria nenhuma. Pedras roladas do alto da montanha, no mesmo flanco, casualmente escoradas uma na outra. Mais nada.

Talvez tenha sido esse o motivo do desatino dele para se alistar como voluntário quando estourou uma guerra mundial que ele não sabia bem (nem mal) onde era, nem porquê. Só sabia que ficava muito longe do seu vilarejo, longe da patroa mandona. Uma grande vantagem, por pior que fosse. E era muito importante, uma guerra de verdade, todo mundo fardado, de quepe na cabeça, coturno no pé, metralhadora e tudo, com avião jogando bomba do céu, uma coisa pavorosa!

— Não sei por que Deus deixou o homem inventar o avião

— minha tia comentava, limpando com o avental a lágrima silenciosa que caía de um olho só.

Adelina, sempre atenciosa, calçando meias grossas nos pés gelados, arroxeados, de tia Laurinda, fazia de conta que estava interessada na conversa.

— Foi Deus que deixou, tia? Curuis credo!

— Um brasileiro, sabia, Adelina? Um capeta com nome de santo, Santos Dimon.

Não, Adelina não sabia, palavra de honra.

— Sabia, princesa?

Eu, aquele tico de gente, não sabia nem o que era um brasileiro, quanto mais uma bomba, quanto mais uma guerra!

— Deveras, tia Laurinda? — perguntava Adelina. — Como é que um brasileiro, justo um brasileiro, foi inventar uma engenhoca que avoa e joga bomba em riba da cabeça de gente, pra matar inocente?

— Tem hora que Deus cochila, minha negra, tem hora que Deus cochila! Deus que me perdoe de pensar essas heresias! Se Joviano escuta, faz novena o mês inteiro! Bico calado, viu, Adelina?

Tadinha da minha tia bisavó tão caduquinha! — *Se Joviano escuta, faz novena o mês inteiro!* — Como é que poderia escutar, se ele havia morrido na Itália quarenta anos atrás?

A cobra que fuma

— Joviano viajou mais de quinze léguas, pegando beira com um, com outro, às vezes caminhando horas no maior solão, poeirão medonho, mas acabou chegando ao destino: o tiro-de-guerra da cidade mais próxima, onde um sargento anotava os nomes dos convocados e dos voluntários — ela conta direitinho, todo santo dia.

— Gioviano Capolungo?

— *Ecco!*

Quando bateu os olhos no voluntário, o sargento avaliou o bigode... a barba rala... o cabelo empoeirado partido no meio... a placa superior com incisivo de ouro... a camisa grosseira abotoada no pescoço... o chapéu de feltro puído, apertado contra o peito... o terno de brim cáqui todo amarfanhado, em petição de miséria...

Ao sargento que recrutava jovens patriotas pareceu que aquele voluntário era mais velho do que a serra da Canastra. Mas como o momento era grave e o Brasil precisava reunir o maior número possível de soldados, ele, com muito tato, disse apenas que era preciso raspar o bigode.

— Nóis raspa, seu moço — garantiu Joviano.

O moço continuou explicando as exigências: cabelo cortado à escovinha...

— Escovinha... — ele repetiu obediente, meneando a cabeça. — E onde é que se acha por aqui um salão de barbeiro?

— Seu Joviano — o oficial perguntou polidamente —, por que o senhor não manda para nós o seu filho? A guerra já está acabando, o Brasil vai lá mais para dar uma força...

— O meu filho sou eu mesmo, seu moço, quem vê pensa que eu sou velho mas faz poucos dias que eu inteirei quarenta e dois... é que nóis, da roça, bem não desmama do peito da mãe, já tá agarrado no cabo do guatambu, de sol a sol. O couro vai encarangando, a cara vai franzindo, a gente fica velho inhantes da hora...

— Mas, seu Joviano, a guerra é muito longe, é ocupação pra rapaziada... os expedicionários vão ter que enfrentar muitos perigos, muitas dificuldades...

— Expedicionários? Como assim? — Joviano perguntou perturbado. — Moço, eu estou chegando do oco do mundo. Vim de a pé. Diz' que o Brasil tá precisado de patriota... ó eu aqui!

— ...tem que atravessar o mar...

— Nóis travessa, num seje por isso! Eu hei de ter alguma serventia: ajudante de cozinha, enfermeiro, sacristão, lá a gente vê, deixa comigo. Sou maravilhado demais com esse nosso Brasil, me deixa ajudar, seu menino? E, além do mais, sou, bem dizer, intaliano...

Ele, cujas maiores façanhas infantis envolveram apenas estilingues, cascalhos, mamonas, arapucas, fieiras, anzóis, chumbadas, varas e minhocas, de repente virou reservista. Ia empunhar um fuzil de verdade e matar outros ex-caçadores de rolinhas fogo-pagou...

— Reservista Gioviano Capolungo, sem barba na cara, sem bigode, de cabelo cortado à escovinha, sem gumex para sempre?

— *Ecco!*

Quando a guerra acabou, o governo, ao invés de devolver o marido que Laurinda lhe havia emprestado, de quepe verde-oliva e coturno, enviou pela Mogiana, por um mensageiro de bicicleta, apenas uma medalha onde uma cobra fumava, dentro de uma caixinha de veludo verde escuro, com os agradecimentos da FEB.

— Isso é o quê, seu moço? — ela perguntou ao mensageiro.

— É uma medalha, dona Laurinda... — ele respondeu respeitoso.

— Se mal pergunto, é para quem o agrado? — ela quis saber.

— É para a senhora.

— Da parte de quem? — a vizinha curiosa indagou.

— Do governo... — ele explicou, e completou entusiasmado: —...é medalha de herói!

— Herói é o quê? — a filha da vizinha perguntou.

— Herói é herói, é gente valente que morre na guerra para defender o Brasil... Dona Laurinda pode ficar orgulhosa do filho!

— Orgulhosa? Do filho? — a vila toda comentou, primeiro maledicente, depois consternada.

— Orgulhosa? — ela perguntou silenciosamente a si mesma. — Do filho? Que filho? Filho de quem? Orgulhosa por quê?

Então seu olhar fixou um ponto distante. Ela apertou os lábios imperceptivelmente, sentiu aquela comichão no nariz, os olhos rasaram d'água... Ficou caladinha. Quando achou ar para respirar, respirou fundo... aí engoliu em seco uma bola de fogo cheia de espinhos e ficou orgulhosa para sempre.

    Foi nesse exato momento que ela completou mil anos. Pôs luto fechado da cabeça aos pés. Jamais soube o que era um reservista. Ninguém nunca lhe explicou quem era essa tal de FEB tão educada, que tinha feito de Joviano um herói e agora lhe mandava mesada pelas mãos do chefe da estação. E acabou-se a história da vaca Vitória! O resto foi silêncio e mais silêncio. Desprezo e rasteira. Comida requentada. Coberta de costela. Quartinho dos fundos na casa dos outros.

Sapo vira príncipe e pato vira anjo

— Tia Bisa, cadê a medalha? Nunca vi cobra que fuma!

— Vou caçar no meio dos meus teres, uma hora eu acho e te mostro, viu, princesa? — ela prometia.

A medalha da cobra fumando já havia desaparecido em alguma das muitas mudanças. O sapo Joviano foi pouco a pouco se transformando num moço bonito, num príncipe valente que partiu para a guerra em defesa do seu reino. Uma guerra terrível, cheia do sangue de jovens soldados do mundo, mortos para sempre longe de suas casas. Joviano, não. Joviano apenas caiu prisioneiro dos inimigos. Um herói encantado, por quem ela esperaria o tempo que fosse preciso.

Mulher de cinqüenta e sete anos era velha demais naquele tempo. Ainda mais tia Laurinda, com aqueles ovários secos que jamais haviam parido um capolunguinho... coitada! E, como desgraça pouca é bobagem, um rábula lá dos quintos dos infernos mandou um papelinho dizendo que, no caso de viúva seca, sem descendente, herança de sogro e sogra só deve ser repartida entre os irmãos do falecido, os quais, no caso, eram onze, viviam numa pindaíba danada e não morriam de amores pela cunhada opressora. Muito pelo contrário!

Feinha, sem prole, sem herança, sem casa própria, sem assunto, sem sal nem açúcar, acabou ficando assim, meio viúva, meio solteirona, meio filha de Maria, agregada à casa das primas, criando os "sobrinhos" que a chamavam de dindinha. Um dia eles cresceram, se multiplicaram, encheram o mundo de filhos e lá se foi tia Laurinda criar os filhos dos sobrinhos, depois os netos dos sobrinhos, depois os bisnetos dos sobrinhos, como é, agora, o meu caso.

— Ah, Fia, eu agora estou no céu, minha negra. Toda noite eu rezo um padre-nosso e duas ave-marias em agradecimento. No fim da minha vida arrumar um teto, umas meninas boas feito vancê mais a Adelina e mais este ouro achado deste anjinho...

— Anjinho é quem, tia Bisa? — eu perguntava enciumada, com medo de que fossem meus irmãos capetas.

— É uma menina feita de açúcar-cande, meu anjo da guarda.

— Eu? Eu não sou anjo, tia Bisa. Nem tenho asa!... Minha prima que é, tem até fantasia, com asa, coroa e tudo... anjo de procissão é lindo mas meu pai não deixa, diz que é bobagem... bem que eu queria!

— Vancezinha é anjo, sim, de carne e osso! — ela repetia, para me contentar.

— Minha prima foi na procissão vestida de anjo cor-de-rosa, tão bonitinha... a senhora já viu anjo cor-de-rosa, tia Bisa?... Eu vi minha avó arrancando as penas dos patos lá na fazenda, sabe, tia?

Tinha um monte de patos dentro da gamela, peladinhos, de pescoço cortado... o saco foi ficando cada vez mais cheio de penas bem branquinhas... É difícil fazer uma menina virar anjo de procissão, sabia, tia Laurinda? Tem que cortar o pescoço de um monte de patos, coitadinhos deles!

Como é que eu sei essas coisas? Sei porque todos os dias ela contava as mesmas histórias nas horas intermináveis que nós duas passávamos no nosso quintal fresquinho. Eu brincando de casinha, cercada de cabeças, pernas e braços de bonecas, de panelinhas, quebra-cabeças, filha única entre tantos irmãos... Ela repicando pano velho, meia velha de algodão, costurando bruxas de pano com agulha grossa, de fundo largo, com linha de carretel, um ponto grita, o outro não escuta, como dizia minha tia.

Será que tia Laurinda me contou mesmo tudo isso? Vai ver que um pouco é invenção da minha cabeça, porque eu era tão pequena, nem prestava atenção naquela lengalenga. Entrava num ouvido, saía no outro. O que eu queria mesmo era a bruxinha que ela estava sempre fazendo.

— É para mim, tia Laurinda? — eu perguntava à toa, porque já sabia a resposta.

— E pra quem mais havera de ser? É para minha princesinha! — ela respondia com doçura, sem desviar a atenção da costura.

Princesa-bruxa

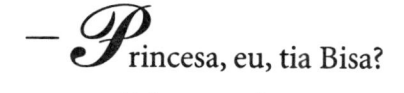

— *P*rincesa, eu, tia Bisa?

— Princesa, sim, meu anjo, vancê!

Princesa de quatro anos, descalça o dia todo naquele quintal de terra, para irritação da minha mãe. Princesa só de calcinha, feliz da vida, no meu vastíssimo reino na sombra daquela mangueira. Meu trono voador era uma gangorra de tábua, amarrada com corda de bacalhau num galho bem alto e forte. Os súditos eram as bonecas que Adelina e Fia espalhavam por todos os galhos baixos e finos, suspensas por prendedores de roupa. E o exército inimigo eram os meninos, irmãos e primos, em galope desatinado nos seus cavalos de pau, derrubando tudo, caçoando da feiúra das minhas amadas bruxas de pano.

— Princesa das bruxas, rá-rá-rá!

— Princesa-bruxa, uuuuuuu!

Eu chorava, arrasada. Meus irmãos eram os piores do mundo. Dragões de sete cabeças. Tia Bisa me consolava:

— Está vendo meu pescoço? Esta pelanca toda? A cara de jenipapo? Foi de tanto chorar quando eu era pequena, quando meus irmãos implicavam comigo, atrapalhavam meu brinquedo. Minha santinha quer ficar assim?

Aquela pelanca toda, credo! De tanto chorar quando era pequena? Eu, hein! Parava a choradeira na hora.

— Ligeiro, minha filha, caça um retalhinho de seda... vamos fazer o saiote... e vai chamar a Adelina ou a Fia pra bordar os olhos e a boca da bruxinha...

Eu ia ventando, na maior gritaria:

— FIIIIIIAAAAAAAAAAA! ADELIIIIIIIIIIIIIINAAAAAAAAAAA!

Tirava uma delas do serviço e minha coleção de bruxas de pano ia só aumentando. Olhos azuis. Amarelos. Roxos. Verdes. Cor-de-rosa. A linha era a que estivesse no jeito. As bocas eram sempre vermelhas, lindíssimas.

Tive muitas bonecas. De massa. De papelão. De louça. De celulóide. Mas nenhuma delas foi tão importante nem tão querida como a mais feinha, a menorzinha, a mais maltrapilha, a mais fedidinha, a mais desengonçada das bruxas que tia Bisa fazia.

Eu dormia com aquele mundo de bruxas no meu travesseiro. Minha mãe zangava comigo, zangava com minha tia, escondia a caixa de costura, o saco de retalhos, ameaçava queimar aquela nojeira toda, jogar na lata de lixo. Eu dormia mal, fazia xixi na cama e tinha pesadelos horríveis, de medo que ela cumprisse o prometido. Um dia, aliás, uma noite...

Festa de Cosme e Damião

Minha mãe acabou jogando fora, de verdade, aqueles tesouros. Eu tive febre muitos dias, perdi a voz. Minha avó materna, com coisa que não sabia de nada, chegou de carro de praça trazendo um saco de retalhos novos, comprados na loja. Trouxe carretéis e mais carretéis de linha, um envelope cheio de agulhas bem grossas, muitos dedais largos como os dedos tortos, reumáticos, de tia Bisa. Trouxe até uma tesoura grande, agulhas de crochê e linha Âncora, de tudo quanto é cor, para o caso de alguém querer fazer um biquinho...

— Olhe aqui, tia Laurinda — ela disse muito séria — eu quero fazer uma mesa bem farturenta para os inocentes, no dia de Cosme e Damião. Para os meninos vou dar bolinha de vidro, pião e fieira e cartucho de amêndoa doce. Para as meninas, bala de coco e bruxa de pano. Vamos repartir o serviço. Eu faço umas lá em casa. A Dedete faz um pouco na casa dela e a senhora mais a Adelina e a Fia fazem umas aqui. Combinado? Setembro está chegando, não podemos perder tempo. Você, Ritinha, veja se não empata tia Laurinda — ela me disse, beliscando minhas bochechas.

Imagina se eu empatava minha tia, maior xodó do meu coração! Entretanto uma coisa não estava clara para mim, foi por isso que eu perguntei enciumada:

— Muitas bruxinhas para cada menina? Basta uma! A vó delas, se quiser, que trate de fazer mais, uai!

Minha avó virou-se para mim, me olhou um tempão... Adelina fez cara feia, ia me passar um pito, porém minha avó encarou-a de um jeito sisudo, e a cozinheira ficou calada. Minha mãe ali, feito uma estaca, muda mas querendo dizer *que papelão!*

— Que que foi, gente? Que que eu fiz de mais? — eu falei com meu fiapo de voz rouca, meio sonsa, prestes a desabar em prantos.

Havia um tamborete por perto, vovó se sentou. Me olhou, olhou, olhou.... Continuou calada. Me puxou para junto de si, refez o laço de fita de uma das tranças que se destrançava, me pôs no colo, me abraçou devagarinho, silenciosamente, decerto procurando as palavras mais doces e mais inteligentes para momento tão delicado, e cochichou no meu ouvido:

— Sabe quem vai entregar as bruxinhas? Você! Você vai dar quantas bonecas quiser para cada menina, quantas seu coraçãozinho mandar. Combinado?

Vovó suspirou fundo, me apertou num abraço carinhoso e apenas murmurou Ritinha, Ritinha, meus pecados!

Minha avó somente pretendia encher minha cama de bruxas de pano outra vez, refrescar minha testa febril e me devolver a voz e a alegria.

Vovó era muito esperta. Mamãe, sendo filha dela, não ficava atrás. Ficou tiririca com aquela arrumação mas não disse essa-boca-é-minha. Nunca esqueci esse momento difícil no qual alguns sentimentos adultos, até então desconhecidos por mim, se cristalizaram na minha lembrança. De um lado a insegurança e o ciúme da minha mãe tão jovem, de outro lado a astúcia e a cumplicidade da minha avó sábia e apaziguadora. Vovó panos quentes, como todos a chamavam.

Olhos cor de...?

Você sabe de que cor são os olhos de tia Bisa? Azuis? Verdes? Cor de mel? Cor de xixi de anjo? Errou. Os olhos dela são, aliás, eram, baços, cobertos por uma pele de ovo transparente. Desbotados. Cansados de olhar o mundo, seu pequeniníssimo mundo sempre tão igual, tão sem graça, tão despovoado, penso eu agora.

Um dia escutei um cochicho na cozinha. *Cega... dona Laurinda...*

Como, cega? Cego era o vendedor de bilhete de loteria que passava toda manhã batendo sua bengala da pau nas pedras da calçada. Toc-toc-toc...

— *Olha o bilhete! Bilhete premiado! Olha a sorte grande, quem vai levar?*

Será que minha tia era cega e fingia que enxergava? Quis lhe perguntar isso várias vezes mas não tive coragem. Eu não podia ter uma tia cega, justo ela, a única pessoa no mundo capaz de fazer minhas bonecas prediletas!

Só ela era capaz de desembaraçar sem pente nem escova meu cabelo comprido e cacheado sem fazer doer, sem arrancar tufos, sem perder a paciência, sem alterar a voz. Só ela sabia fazer as tranças de que eu gostava, sem puxar fio, sem repuxar a pele do meu rosto, sem me causar dor de cabeça.

Se ela fosse cega, não perceberia que eu estava caindo de sono quando Adelina trazia minha mamadeira, depois do almoço. Eu me aninhava no seu colo apertado e ia mamando devagarinho, embalada pela canção de ninar que ela cantarolava em italiano.

Dorme bella do-or-me
Riposa e fá la na-a-na
Che quando serai ma-a-ma
Non dormira-ai ma-ai piú.

Mentre la bella dormi-i-va
Il cacciatore prega-a-va
Pregava ai ucceli-i-ni
Lasciassen la bella dormire!

Depois vinham os la-ra-ri, la-ra-rá que eu jamais esqueci. E jamais esquecerei.

Onde é que tia Laurinda, nascida e criada no fim do mundo, numa corrutelinha de uma rua só, tinha aprendido aquela canção de ninar que mais parecia uma barcarola? Será que sua mãe viúva, pobretona, costureira de ponta de vila, sabia estas filigranas? Não. Joviano era quem assobiava essa cançoneta enquanto escamava e retalhava os piaus pescados no poço da curva do rio Grande, onde ele ia aos domingos, de bicicleta, com os colegas da fábrica de banha. Vó Carmela, imigrante italiana, avó dele, cantava para espantar a saudade, bem antes da gripe espanhola que matou todo mundo. Inclusive ela.

Se tia Laurinda fosse cega, nunca dos nuncas crochetaria novelos e novelos de algodão fiados por dona Benvinda, nossa vizinha. Nunca faria aqueles tapetes bonitos.

Um dia criei coragem e fiz o teste.

— Tia, meu cabelo é loiro ou o quê? — eu perguntei de chispada.

— Seu cabelinho, minha princesa, é cacheado.

— É loiro ou o quê, tia Bisa? — eu insisti.

— É comprido!

— Loiro ou preto, tia, que cor?

— Ah, menininha especula, seu cabelo é lindo, de seda! — ela respondeu prontamente, enquanto ia tateando o contorno do meu rosto, as laçadas das tranças.

Então tive certeza de sua cegueira. E me agarrei com mais aflição às minhas bruxinhas de pano. Guardei segredo daquilo, pensando que os mais velhos, se soubessem, a maltratariam. Já pensou, minha tia predileta, velhinha daquele tanto, na rua toc-toc-toc, *olha a sorte grande! Quem quer bilhete?*

Quem empurraria sua cadeira de rodas? Adelina? Fia? Eu? Eu era miudinha, menor do que a cadeira, e não tinha força nenhuma. As outras duas trabalhavam o dia todo e de noite namoravam...

Eu devia ter feito alguma coisa! Vovó tinha tantos óculos na gaveta da cômoda, podia muito bem lhe emprestar um par! Eu devia ter pedido ao meu pai que a levasse ao médico. Que mandasse fazer óculos para ela... Mas eu, egoísta, fiquei calada, morta de medo de alguém descobrir e mandá-la para o asilo das velhas construído no fundo da igreja, de onde os velhinhos não saíam mais. E onde criança não podia entrar.

De carne e osso

— Tia, a senhora faz as bruxas de pano mais lindas do mundo, sabia?

Eu dizia isso porque era a pura verdade e porque eu queria mais daquelas mãos de fada.

— Bondade sua, princesa, tia Bisa não está prestando pra mais nada, vancê é muito boazinha, se contenta com essas coisas feias...

— Não é coisa feia, tia, é coisa bonita, minhas filhas, minhas comadres, meus melhores brinquedos...

— Melhor do que brinquedo é gente de verdade, que fala, que canta, que brinca com a gente, que briga com a gente, fica de mal depois fica de bem... que a gente ama...

— Tia Bisa, será que a senhora podia fazer uma boneca bem bonitinha, com a minha cara?

— Assim tão linda e tão prosa?

— Uma boneca de carne e osso, pode, tia?

— De carne e osso não é boneca, é gente.

— Gente, pois é, uma irmã! A coisa que eu mais queria era ter uma irmã. Faz uma pra mim?

— Vai pedir para sua mãe. Tia Laurinda só sabe fazer bruxa.

— Já pedi mas minha mãe falou que aqui em casa já tem quatro crianças, chega!

— Quatro crianças é uma continha boa.

— Mas só tem eu de menina, com quem eu vou brincar?

— Comigo, com seus irmãos, com seus brinquedos... feito uma rainha!

— A senhora tem irmã?

— Cinco, como os dedos da sua mãozinha, dê cá.

Ela pegava minha mão tão pequena, dobrava cada dedinho enquanto ia dizendo o nome de cada irmã: Yole, Narcisa, Santinha, Galdina, Ismênia. Depois brincava — dedo mindinho, seu-vizinho, pai-de-todos, fura-bolo e mata-piolho...

Eu achava divertida aquela brincadeira. Depois, morria de inveja. Cinco irmãs! E eu, nenhuma! Então, para quebrar meu silêncio, ela continuava:

— ...cadê o toicinho que estava aqui?

Eu respondia: o gato comeu.

— Cadê o gato?

— Foi pro mato.

— Cadê o mato?

— O fogo queimou.

— Cadê o fogo?

— A água apagou.

— Cadê a água?

— O boi bebeu.
— Cadê o boi?
— Tá carreando trigo.
— Cadê o trigo?
— A galinha espalhou.
— Cadê a galinha?
— Tá botando ovo.
— Cadê o ovo?
— O frade bebeu.
— Cadê o frade?
— Tá rezando missa.
— Cadê a missa?
— Tá por aqui, por aqui, por aqui...
Eu dava risada de tanta cócega e esquecia a irmã.

O resto é resto

Uma noite, não sei o que aconteceu, dormi na minha casa e acordei na casa da minha avó. Eu e meus três irmãos. Ficamos de pijama a manhã inteira. Ninguém escovou dente. Ninguém mamou mamadeira. Ninguém calçou botina ortopédica nem chinelo de pelúcia. Vovó falava agorinha mesmo sua mãe chega, daqui a pouco a gente vai ouvir seu pai buzinando o carro lá fora. Na hora do almoço minha tia trouxe roupa dos filhos dela, alguém deu banho na gente. De tarde vieram alguns primos. Madrinha Higina fez pipoca de sal e de doce. Anoiteceu, e nada da minha mãe chegar. No outro dia estavam os dois lá, com roupas e brinquedos nossos mas não se demoraram nada. Disseram já-já a gente volta para levar vocês mas era mentira, o dia passou e eles não voltaram.

Meu irmão menor deu o maior trabalho porque ele era muito agarrado com minha mãe. Vovó resolveu cumprir uma promessa antiga: fazer a festa do batizado das bonecas. Milula e Celina trouxeram uma porção de bonecas, todas de massa, novinhas, com cabeça, pernas e braços. Alguém buscou minha boneca nova, quase do meu tamanho, só que não era aquela que eu queria batizar, era a outra, aliás, as outras, as de pano. Então eu emburrei e estraguei a festa. Eu só queria uma coisa: voltar para minha casa. Os meninos também queriam.

Na terceira manhã, a primeira coisa que vi, quando abri os olhos, foi o palhacinho bordado no meu cortinado, segurando os cordéis de balões que o levavam pelo céu de filó.

Na minha cama, na minha casa, que alegria! Eu me espreguicei bastante para espichar o corpo e crescer.

Meus irmãos ainda estavam dormindo. O quarto ainda estava escuro. Pulei da cama e saí feito um rojão. Na porta da cozinha gritei:

— Tia BIIIIIIIIIIIIIIIIIIIIIIIIIIISAAAAAAAAAAAAAAAAAAAAAAA!

Adelina tentou me entregar a mamadeira mas eu não quis. Corri, de pé no chão, até o fundo do terreiro.

— Tia BIIIIIIIIIIIIIIIIIIIISAAAAAAAAAAAAAAAAAA!

Eu tinha uma idéia. Nós íamos fazer na minha casa uma festinha bem bonita para o batizado das bruxinhas, feito a festa da vovó.

— Tia BIIIIIIIIIIIIIISAAAAAAAAAAAAA!

Cadê tia Bisa? Cadê a cadeira de rodas da minha tia? Cadê o saco de retalhos?

— Tia BIIIISAAAAAAAAAAAAAAAAAAAAAAAAAAAAAA!

Cadê a cama patente de tia Laurinda? Cadê a colcha de retalhos? Cadê o copo d'água com a dentadura? Cadê a imagem de São Benedito? Cadê o oratório? Cadê a galinha de arame, o missal de madrepérola? Cadê a tesoura preta de ferro, pontuda, afiada?

— Tia BIIIIIIIIIIIIIIIIIIIIIIIIIIIISAAAAAAA!

— Oi, princesa! — disse o pedreiro Valentim com aquela cara risonha, cheia de dentes alvíssimos. — Bom-dia!

— Cadê minha tia? — eu perguntei aflita.

— Qual tia? — ele respondeu, perguntando.

— Tia Laurinda, qual tia podia ser?

— Tia Laurinda?

— É, já falei, tia LAU-RI-DA, você sabe muito bem! Cadê o quarto dela? Cadê minha tia Bisa? Anda, fala, seu bobão! TIIIIIII-IIIAAAAAAAAAAAA!

Valentim descansou a broxa na lata de cal e, sempre bem-humorado, puxou o forro vazio dos dois bolsos da calça dizendo tia Laurinda não está aqui... nem aqui, princesa... e deu uma risada com aquela bocona cheia de dentes.

Vontade de chutar Valentim, de bater nele, muito mesmo, de derrubá-lo da escada... Mas eu não fiz nada. Fiquei paralisada na porta daquele cômodo branco, vazio, que eu nunca vira antes na minha casa.

Adelina me ofereceu a mamadeira de novo, mas eu nem olhei. Eu não queria mamar, não queria falar nada, não conseguia sair do lugar. Uma parede enorme, manchada de branco, parecia desabar sobre mim.

Adelina disse vamos mas eu não obedeci. Havia muitas perguntas sem resposta. A única certeza é que Valentim era um gigante mau, um feiticeiro, e havia dado sumiço na minha tia querida.

Adelina me pegou no colo e decerto me levou para dentro de casa. Eu chorava, esperneava, gritava. EU QUERO TIA BISA! CADÊ MINHA TIIIAAAA! TIA BIIIIIIIIIIISAAAAAAAAAA!

Minha mãe veio correndo, me tomou dos braços de Adelina, me mandava calar a boca mas eu não ouvia, não obedecia.

Eu gritava feito uma louca, ela gritava também. CALA A BOCA, RITIIIINHA! PÁRA COM ISTO, MENINA! RITIIIINHAAAAAA!

Quanto mais ela me mandava calar a boca, mais eu esgoelava, até que ela me botou debaixo do chuveiro frio, que era seu jeito de curar chilique dos filhos. O resto é resto, não me lembro mais.

Perguntar o quê?

𝒟epois disso Fia e Adelina sempre davam um jeito de brincar comigo na sombra da mangueira. Penduravam minhas bruxinhas no varal, nos galhos da árvore, mas não era a mesma coisa. Sem tia Laurinda não tinha graça nenhuma.

— Fia, esse bolo que você está fazendo, é porque tia Bisa vai chegar? — eu perguntava.

— Não, este é um bolinho à-toa, pra gente comer com café na hora da merenda. Quando dona Laurinda voltar da viagem, vou fazer bolo de festa, coberto de suspiro, bem bonito!... — ela prometia, para me engambelar.

O tempo das mangas maduras acabou. Depois as folhas velhas caíram com o vento. Então vieram novas folhas, vermelhas, brilhantes, e com elas cachos e mais cachos de flores. As abelhas, em enxames, alegraram o terreiro com sua algazarra. Meus irmãos repartiram o chão em fazendinhas e encheram os pastos de boizinhos de manga verde. Na cozinha não havia palito que chegasse para botar perna em tanta boiada.

Um belo dia uma galinha cantou longe, bem no fundo do terreiro. Leão, adivinhando o banquete, foi atrás. E eu, atrás dele, para pegar o ovo quentinho. Sabe o que foi que eu vi naquele monte de lixo? Uma roda de ferro fininha, toda retorcida, toda queimada. Beirando o muro, lá longe, a outra roda. Queimada, também. Também retorcida.

Ninguém me contou nada, também nada perguntei. Perguntar o quê, para gente grande? Aprendi num átimo o significado das palavras *nunca mais*. E, por desaforo, nunca mais comi bolo coberto de suspiro. Não era bem por desaforo, é porque não descia. Arranhava minha garganta. Doía.

Mea-culpa

....

Leão acabou estraçalhando a maior das minhas bruxas de pano, justo dona Loló, a benzedeira. Ele não tinha motivo nenhum para fazer aquilo, mas fez. Era um vira-lata comedor de ovos, muito bonitinho, muito mimado. Doidinho varrido. Destruidor de coisas. Não fez por mal, sei muito bem disso.

— Culpa sua, viu, dona Ritinha, quem mandou ser descuidada? — disse a torniquete da Fia.

Um dia esqueci outra bruxinha dependurada num galho da mangueira e os capetas dos meus irmãos fizeram dela um alvo para suas estilingadas e pedradas...

A menorzinha eu mesma coloquei num barquinho de papel para descer a enxurrada e a correnteza a levou rapidamente pelo bueiro adentro.

Culpa de quem?

A mudança

Quando a casa nova ficou pronta veio muita gente ajudar a fazer a mudança, o que foi a minha ruína.

Minha mãe jurava que havia colocado todas as minhas bruxas dentro de uma trouxa bem amarrada e esta trouxa, decerto, havia caído do caminhão de mudança.

— Caiu, benzinho, não posso fazer nada! Mudança é assim mesmo, alguma coisa sempre some. Depois a gente dá um jeito, viu, filhinha?

A casa nova era toda enfeitada. Tinha cortinas na sala de visitas. Era bonita e chique demais, porém criança, cachorro e bagunça não podiam ficar lá dentro. No quintal cimentado não havia mangueira sabina nem gangorra.

Me interessava tanta boniteza, tanta chiqueza? Não! Eu queria a casa velha, o quintal velho, a tia velha, as bonecas velhas... Quanto desatino! Quanta ingenuidade!

Meus irmãos me achavam *um purgante*.

Os mais velhos diziam que eu era uma menina manhosa, cheia de vontades, mimada, chorona, birrenta, pirracenta, mal-agradecida, malcriada... Mesmo assim me encheram de presentes caros, de bonecas compradas na loja. Jogaram dinheiro fora.

Pode ser que eu tivesse mesmo todos aqueles defeitos mas a culpa toda não era só minha. Ou era?

Quando os adultos queriam me humilhar, me chamavam de princesa. Não aquela *princesa* doce, carinhoso, de tia Bisa. Um *princesa* carregado de ironia, para significar tudo de pior que existia em mim. Para sapatear nos meus brios, no meu coração.

— Meu nome não é princesa, é Ritinha, Maria Rita! — eu falava irritada, tentando impor respeito.

Os grandes me deixavam muito infeliz com suas críticas, com suas piadinhas. Será que eles não percebiam?

Minhas lembranças se confundiam cada vez mais. Antes eu era uma princesa poderosa. Possuía um trono voador, um reino, súditos e uma fada madrinha. E, como em todos os contos de fadas, havia por ali dragões de sete cabeças e exército inimigo.

— Princesa? Princesa-bruxa, uuuuuuuuuuuuuu!

— Um trono voador? Não seria, por acaso, uma gangorrinha fajuta, amarrada com corda de bacalhau? — meus irmãos perguntavam debochando.

— Um reino? Um pedaço de terreiro úmido na sombra de uma mangueira velha, é um reino? Rá-rá-rá!

Os súditos fiéis não eram nada mais que bonecas velhas, sujas, fedidas, proibidas de entrar em casa.

A fada madrinha, cadê? Evaporou no vento. Teria ela também se queimado junto com o cisco no fundo do quintal?

Somente os dragões de sete cabeças e o exército inimigo continuaram verdadeiros e avassaladores.

Quem era eu, afinal?

Havia um buraco dentro do meu peito. Doer, não doía, mas me incomodava muito. Eu estava vazia por dentro, vivendo num mundo que também se esvaziara.

O dia longo e sem graça parecia não acabar mais. A noite trazia medos. Dormir era um sacrifício porque os doidos das histórias de Fia e Adelina vinham me pegar todas as noites. Aquela fuga desesperadora. Eu gritava, gritava e corria até cair num buraco imenso, negro, numa queda sem fim, de cambalhotas.

— *Socoooorro!*

— Ritinha, acorde! Ajude a mamãe, filha! Vista o bracinho aqui!

Era minha mãe trocando meu paletó de pijama molhado de suor, me livrando daquele pesadelo horroroso.

Mamãe era muito rígida. Filho não dormia na cama dela em hipótese nenhuma. Por isso, sozinha no meu quarto novo, vivi noites terríveis. Nem o anjo da guarda que ajudava as crianças a atravessar a pinguela vinha me socorrer. Não sei para que aquela estampa ali, se ela me era inútil.

Daí em diante não parei mais de fazer xixi na cama. Engordei feito uma sapa. Meu irmão mais velho me pôs apelido de Dona Broa Mijona e fazia questão de contar para todo mundo.

Às vezes, quando todos se esqueciam de mim, eu me escondia debaixo da cama da minha mãe e ficava ali um tempão, muda, até pegar no sono. Outras vezes alguém escutava um chorinho. Ia ver, era eu.

Nunca mais brinquei de princesa.

A casa nova

— Casa nova, vida nova! Saúde! — dizia meu pai todos os dias na hora do almoço, erguendo um brinde com seu copo de água.

Imagino que aquela casa devia ter custado caro porque era a mais bonita da rua. Grande, cercada de jardins, tinha tudo para agradar todos nós. Eu, espírito de porco, mal resolvida, é que não achava graça em quase nada.

Mamãe recomendou às empregadas que, quando eu falasse em tia Laurinda, em bruxa de pano, elas desconversassem.

— Com o tempo ela esquece, vocês vão ver! — ela garantiu.

Na verdade a casa nova fez uma revolução na vida de todos nós.

Minha mãe, dizendo que eu já era uma mocinha de quase seis anos, que não tinha medo de dormir sozinha, preparou um quarto bonito para mim, com espaço para minhas panelinhas, carrinhos de boneca, mobília de boneca, aquele luxo supérfluo, inútil. Naquela infância sem irmã, aquele canto do quarto com aquele excesso de brinquedos de menina era como uma vitrine de loja. Não me dizia respeito. Não me interessava.

Muita gente veio nos visitar. Parentes. Amigos. Vizinhos. Pessoas de outras cidades. Tudo bem, eles na sala de visitas e nós na copa, no quintal, no jardim, na cozinha. Só tinha uma coisa que me matava de raiva: as filhas das visitas.

Se meus pais nunca levavam a gente na casa de pessoas estranhas, então os outros também não tinham direito de trazer seus filhos, aliás, suas filhas, na nossa casa!

Me dava um ódio! Toda vez que acontecia esse tipo de visita, minha mãe mandava me chamar na sala e, toda sorridente, dizia:

— Leve as meninas para conhecer seu quarto, filhinha. Mostre suas bonecas para elas...

Meu sangue fervia. Eu nunca ficava naquele quarto porque ele mais parecia ser propriedade da Almerinda, a nova arrumadeira, uma chata de galocha. Nas raríssimas vezes em que eu estive lá, interessada em algum brinquedo, ela sempre botou a cara na porta e ameaçou:

— Cuidado para não tirar nada do lugar. Eu acabei de arrumar e me deu muito trabalho, viu, mocinha? Sou escrava sua não, tá?

Eu não ficava lá, também, porque nada tinha sido escolha minha.

Quando as tais filhas das visitas chegavam, eu conseguia resistir silenciosamente à ordem de minha mãe por uns sessenta segundos. Não levo! Não levo! Não levo! O meu azar é que na minha testa sempre aparecia escrito o que eu estava pensando e minha mãe acabava descobrindo. Então ela lia e repetia pela última vez:

— Ritiiiinhaaaa, leve as meninas para visitar o seu quarto, meu anjo!

Fiquei muito esperta nessa casa e acabei descobrindo um jeito de me livrar daquelas visitas indesejáveis. Eu as levava, abria a porta, mostrava tudo, avisando claramente:

— Gente, minha mãe está com o maior ciúme desta casa! Ela não deixa nenhum de nós esbarrar o dedo em nenhum destes brinquedos. Ela quer tudo bem novinho, para a gente brincar quando crescer, sabia? Por enquanto nós só podemos brincar na terra suja do terreiro. Vamos para lá? Vocês sabem fazer panelinha de barro? Eu sou craque nisto. A mãe de vocês é brava? Minha mãe é uma onça pintada!

A estrela pisca-pisca

A janela do meu quarto era muito alta. A gente sempre dormia de janela aberta porque meu pai achava que isso era bom para a saúde. Mais tarde, quando fossem dormir, ele ou mamãe passavam fechando tudo.

Uma noite eu já estava deitada quando uma chuvinha mansa começou. Havia visitas em casa. Chamei minha mãe para fechar a janela porém ela não ouviu. Eu me levantei, tentei alcançar o trinco mas não consegui. Um vento frio abriu as folhas da veneziana e um chuvisco geladinho molhou meu rosto, meu pijama de flanela... Fiquei ali, de boca aberta, lambendo aquela água escassa, adocicada, boa. Quando o vento levou o chuvisqueiro eu enxerguei uma estrela enorme, amarelada, bem na minha frente, que piscava para mim.

Oi, estrela bonita, boa noite! — eu falei, amistosa.

— Boa noite, Ritinha! — ela respondeu risonha.

— Chuvinha boa, hein?

— Boa demais! — ela respondeu.

— É para mim que você está piscando? — eu perguntei curiosa.

Ela respondeu que sim, que estava piscando para mim, só para mim.

— Jura?

— Juro! — ela me disse.

— Se você quiser, eu chamo meus irmãos... eu acordo todos eles num minuto...

— Não, Ritinha, é com você que eu quero conversar — ela falou baixinho.

— Então conversa. Ué, mas estrela conversa, tem boca? — eu perguntei encucada.

— Boca a gente não tem, mas, quando é preciso, a gente fala.

— Quando é preciso? Você vai zangar comigo porque eu tomei chuva, estou com o pijama molhado e vou ficar resfriada, é isso?

— Quem sou eu para zangar com você, menina! Ainda mais por causa de um chuvisqueiro de nada! Eu adoro chuva, sempre que chove eu me molho inteira, de propósito!

— E sua mãe não zanga?

— Minha mãe? — ela perguntou com um certo espanto. — Quem você acha que é minha mãe, Ritinha?

— Sua mãe? Sua mãe é a... Sua mãe é uma estrelona bem grandona, amarelona... O sol?

— Não!

— O sol, não, porque o sol é homem, é muito quente, podia queimar você se lhe desse um abraço... o sol deve ser seu pai... — eu arrisquei. — Ah, já sei, sua mãe é a lua?

— Deixe isto pra lá, preciso ter uma conversa muito séria com você.

— O que foi que eu fiz agora?

— Eu queria que você brincasse com seus brinquedos de verdade, você tem tantos, tão bonitos...

— Não gosto deles.

— Pois devia gostar. Tanta criança não tem sequer um brinquedinho, sabia?

— Não é culpa minha. Se você quiser, estrela, pode levar todos os meus brinquedos e dar para elas.

— Só você pode dar os seus brinquedos, porque eles são seus.

— Sabe, estrela, eu gostava mais da outra casa... das minhas bruxas de pano... Uma se chamava Zefa, era brava demais. Outra se chamava Teolina, era gorducha, só vivia dando risada. O Tonho era homem, tinha um bigodão do tamanho do mundo. Ninoca era a menorzinha. Um dia meu tio fez um monte de barquinhos de papel, quando choveu meus irmãos e eu fomos testar a frota na enxurrada da calçada. Eu escolhi um barquinho forte, de capotinha, e coloquei minha bruxinha caçulinha dentro dele, nem me lembrei do bueiro que existia lá embaixo, na virada da esquina.

— Não precisa me contar nada, Ritinha, eu sei de tudo isso — ela falou carinhosa.

— De tudo isso?

— Tudinho, e muito mais.

— Então eu posso lhe perguntar uma coisa?

Eu ia falar de minha tia bisavó, perguntar se a estrela amarela que sabia de tudo por acaso tinha visto minha bonequeira em algum lugar. Mas comecei a choramingar e não disse mais nada. Ela perguntou se eu sentia saudade. Só balancei a cabeça, para dizer que sim.

— Ritinha, preste atenção, até as estrelas morrem, sabia?
— Morrem? Como assim, morrem? Morrer é o quê?
— Você já viu uma estrela cadente?

Eu nunca havia visto uma estrela cadente, nem sabia o que era isso. Então ela recomendou que eu olhasse atentamente o céu, todas as noites. Quando uma estrela riscasse o céu e se apagasse, isso queria dizer que ela explodira e acabara para sempre. Só que essa explosão e essa morte haviam acontecido há milhões de anos, mas eu ia pensar que tudo estava acontecendo naquele exato momento.

— Milhões de anos são quantos dias? — eu perguntei.
— Muitos, mas não se preocupe com isso. Sabe a cauda das estrelas cadentes?

Não, eu não sabia, então ela explicou de qualquer jeito.

— A gente explode e depois morre, e aí cria um rabo, é isso? Explode feito um foguete? Depois morre explodido? Fica só o cartucho vazio? Ou a gente morre primeiro e depois explode? Morrer é o quê? — eu quis saber de uma vez por todas.
— Morrer é morrer. Fechar os olhos e acordar diferente, só isso! — ela contou docemente.
— Diferente como? Acordar onde? Eu quero tia Bisa!

Minha tia explodida, com um rabão enorme, voando pelo céu numa noite escura? Ah, não! Minha tia, não!

Lágrimas silenciosas rolavam pelo meu rosto respingado de chuva. O parapeito da janela molhado, o assoalho do meu quarto molhado, meu paletó de pijama encharcado, e eu ali, na pontinha dos pés, há quanto tempo?

Queria minha tia inteira, minhas bruxinhas queridas inteiras. Queria me esconder debaixo da cama e chorar lá quietinha, para a estrela não ver.

— Ritinha, tia Laurinda não acabou, suas bruxas de pano não acabaram! — ela falou com muita certeza.

— Acabaram, sim. Sumiram todas. Perdi todas! — eu respondi irritada.

— Ninguém nem nada está perdido nem sumido. Você pode se encontrar com elas, brincar com elas quando quiser, quanto quiser — ela explicou pacientemente.

— Posso? Quando eu quiser? Como? Onde elas estão? Minha tia está dormindo? Ela vai acordar?

Eu fui parando de chorar, interessada no que a estrela pisca-pisca ia dizendo.

Se minha tia podia acordar a qualquer momento, havia um monte de coisas a fazer. Ela não sabia da nossa mudança. Não sabia onde ficava a casa nova. Não veria Adelina nem Fia, coitadinha da minha tia, ia ficar doidinha, perdida entre pessoas estranhas! Ela perguntaria pela sua princesa e ninguém saberia que era eu. Então me lembrei de outra coisa muito pior.

— A cadeira... eu só sei de duas rodas, preciso encontrar o resto daquela cadeira, minha tia não pode acordar assim, de repente, sem sua cadeira, estrela!

— Cadeira para quê, Ritinha?

— Ela é paralítica, precisa de uma cadeira de rodas — eu expliquei aflitíssima.

— Ritinha, calma, preste atenção, pode ser que tia Laurinda, quando acordar, não precise mais de uma cadeira de rodas, quem sabe?

Nossa, aquela estrela era exasperante! Eu falava uma coisa, ela entendia outra. Perdi a paciência.

— Estrela, você não sabe nada da minha tia. Ela é paralítica. PA-RA-LÍ-TI-CA, sabe o que é isso? É gente que tem pernas mas não anda.

— Sei tudo da sua tia, e não grite porque eu não sou surda! — ela falou com toda energia.

— Você nem perna tem, nunca vai saber como é! — eu respondi bem malcriada.

A estrela amarela ficou uns minutos calada, só me olhando, sem piscar. Eu esperei, já começando a sentir frio.

— Estou aqui para ajudá-la, se você quiser. Posso? — ela perguntou baixinho.

— Pode, sim. A coisa que eu mais quero é achar minha tia e minhas bruxas de pano. Onde elas estão?

— Guardadas a sete chaves... — ela começou a dizer, meio misteriosa.

Sete chaves para sete portas

— *G*uardadas a sete chaves? Onde?

Ela contou que as chaves eram invisíveis e o esconderijo era o meu coração. Era só querer, firmar o pensamento, que as sete chaves abririam as sete portas do cofre do meu coração.

— Do meu coração? Minhas bruxinhas estão dentro do meu coração? De que tamanho é o meu coração? Não cabe tanta boneca lá dentro...

— Cabe, sim! Claro que cabe! — a estrela afirmou. — Cabe até tia Laurinda!

— Até tia Bisa?

— Até tia Bisa! E tem mais uma coisa que você precisa saber: existem outras crianças que perderam outros brinquedos e ficaram tristinhas como você. Nós temos que falar com todas elas.

— Nós, quem? — eu perguntei muito interessada.

— Você e eu. Está vendo aquela estrelinha ali, alaranjada, piscando sem parar?
— Qual? Onde?
— Aquela, perto das Três Marias! Está vendo?
— Perto das Três Marias? Não estou vendo Maria nenhuma...

As Três Marias

Da minha janela, na ponta dos pés, eu olhava o tantinho de céu que era possível ver, e nada! Parecia que a chuva havia derretido as nuvens, lavado o céu. Quanta estrela! Só a tal estrelinha alaranjada é que eu não via.

Acho que essa foi a primeira vez que eu olhei o céu. Na minha caixa de lápis de cor não existia um azul-escuro tão bonito!

— Viu, Ritinha, a estrela alaranjada? Ela está piscando para nós!

— Não, não tem nenhuma estrela alaranjada piscando para mim. Por que ela piscaria para mim?

— Para lhe contar uma história parecida com a sua, de um menino que um dia perdeu um caminhãozinho e ficou muito sentido, como você.

— Sentido por causa de um caminhãozinho? Menino bobo! Um caminhãozinho não é nada, o pai compra outro para ele — eu falei, para valorizar o meu sofrimento.

— Uma bruxinha de pano também não é nada, é só um monte de retalhos, depois sua avó faz outra para você — ela respondeu prontamente, para me educar.

— É mesmo, desculpe, estrelinha!

— Tudo bem, agora vá trocar de roupa que você está com frio e já é tarde — ela disse.

— Eu nem enxerguei ainda a estrela alaranjada, do menino. Você não disse que a gente ia lá, falar com ele?

— Disse. Nós iremos lá uma noite dessas, prometo, mas...

— Posso levar minha tia?

— Sua tia?... pode... mas primeiro é preciso que você localize no céu as Três Marias. Seu pai pode ajudá-la.

— Meu pai não sabe nada de céu, estrelinha!

— Sabe, sim. Sua mãe também sabe. Seu tio fazedor de barcos de papel também pode ajudar. Fale com todo mundo.

Se meu pai sabia, tinha que ser agora. Saí correndo do meu quarto gritando *papai, papai, onde ficam as Três Marias?*

As visitas estranharam minha gritaria. Minha mãe perguntou o que era aquilo, aquele pijama todo molhado... Eu falava, falava, contava que a estrela que pisca não é filha do sol, que as sete chaves do meu coração são invisíveis, que meu pai tinha de telefonar para o pai do menino do caminhãozinho perdido... Eu falava sem parar, queria que meu pai fosse lá fora comigo, me mostrar as Três Marias.

Mamãe apalpou minha testa, percebeu que eu estava queimando de febre. Pediu licença às visitas, encheu a banheira de água bem esperta e telefonou para o médico.

A história que eu contava incluía foguetes de festa junina, cartuchos vazios, gente evaporada que ia acordar um dia, estrelas cadentes, estrelas falantes, explosões, pedaços de cadeira de rodas e muitas Marias...

Madrugada de trabalheira! Foi preciso voltar comigo muitas vezes para a banheira de água morna, quase fria, para abaixar aquela febre altíssima e acalmar o delírio.

Uma pneumonia brava me jogou na cama e deixou a família cheia de cuidados. Pai. Mãe. Irmãos. Empregadas. Tias. Avós. As primas mais velhas.

Chegaram novos livros de história. Baralho do mico-preto. Jogo da memória. Novo tabuleiro de damas. Para facilitar as refeições, minha mãe comprou uma bandeja de pés dobráveis e eu me senti importante demais.

Ruim era a injeção doída que Peti vinha aplicar pela manhã. Bom era os irmãos calmos, sem cavalos de pau, brincando comigo. Ótimo era o embrulho que chegava da DELICIOSA toda tarde, depois que eu acordava, cheio de coisas gostosas: bombom Armida, ameixa do Japão, pêra-d'água, amanditas, goma síria, bolachas recheadas... Eu tossia muito, tinha febre todos os dias, dor nas costas, mas me sentia uma rainha com aquela doença inesperada.

As Três Marias custaram caro para meu pai.

Noite. Céu. Estrelas.

*D*epois dessa pneumonia rebelde, meus pais ficavam mais tempo comigo. Aliás, conosco. Pelo menos assim me pareceu.

Depois do jantar nós nos sentávamos nas cadeiras preguiçosas do alpendre, eu no colo do meu pai, o caçula com a mamãe, os outros nas redes, e ficávamos apostando quem via mais estrelas de rabo. A luz do alpendre apagada, para enxergar melhor, e nós seis ali, naquele assunto sem-fim. A gente nem piscava, esperando pelos discos voadores que aterrissariam no nosso jardim a qualquer momento.

Papai lia muito a respeito do nosso sistema solar. Ele achava que havia vida em outros planetas e que um dia seria possível visitar os marcianos. Para ele, Gagarin era um predestinado. O único cidadão do mundo escolhido para ver a terra primeiro e descobrir que ela era azul. Achava os astronautas corajosos demais.

Com ele nós aprendemos as quatro fases da lua... como enfumaçar vidros para olhar eclipses... a diferença entre o Cruzeiro do Sul verdadeiro e o falso... Das Três Marias aprendemos o segredo maior — elas, que parecem estar tão juntinhas no céu, na verdade estão muitíssimo longe uma da outra e cada uma é um sol, poderoso como o nosso, centro de um sistema solar independente, invisível a olho nu. A lua é filha da Terra, gordinha e redondinha feito a mãe, sempre obediente, sempre por perto.

A gente compreendeu rapidinho o funcionamento do céu. O que é um sistema solar? É uma família. Vovô Olympio é o sol. Mamãe e os irmãos dela são os planetas que giram em torno do sol porque eles vão mesmo todos os dias na casa do vovô. Eu sou um satélite da minha mãe, porque eu saí de dentro da barriga dela. Fácil!

Nós sabíamos muito mais do que nossos primos a respeito do céu. Cometas, eclipses, Cruzeiro do Sul, Três Marias, Marte, Sol, Saturno, Lua cheia, Lua minguante, São Jorge e seu dragão, constelações, galáxias, cúmulos-nimbos, chuva de granizo, neve, tudo isto era fichinha para nós.

Finalmente ganhamos uma luneta de verdade. A partir daí ficou difícil dormir cedo na minha casa. A descoberta mais maravilhosa foi o planeta Saturno, todo lilás.

Minhas noites eram repletas de estrelas. Meus sonhos, também.

Mamãe preparou uma surpresa muito boa: mandou bordar, para cada um de nós, um lençol e uma fronha com luas, sóis, cometas, planetas de todas as cores, de muitos tamanhos. Eu só queria dormir com aquela roupa de cama mágica, que me transportava para perto dos meus novos amigos.

A estrela pisca-pisca nunca veio me buscar para aquela viagem prometida, de consolo aos meninos e meninas que haviam perdido coisas queridas. Ela viria uma noite, eu tinha certeza absoluta, e, enquanto esperava, desenhava bruxas e mais bruxas de pano. As que eu tive e as que gostaria de ter tido. Cada uma com olhos de uma cor, igualzinho tia Laurinda fazia. Antes de dormir eu ia à janela, olhava o céu longamente, escolhia uma estrela qualquer que piscasse, inventava um nome para a menina ou menino que morava ali, mostrava-lhe meu desenho e dizia:

— É para você, não chora mais não, viu? Qualquer hora a gente vai aí, eu, tia Bisa e a estrela amarelada!

Eu tinha impressão de que aquela estrela ficava maior e piscava feliz depois da nossa conversa.

Tia Bisa também nunca acordou. Nem igual nem diferente. Uma coisa martelava na minha cabeça: a cadeira de rodas. Ela só acordaria quando eu lhe arranjasse uma cadeira de rodas, o que para mim, naquele tempo, era completamente impossível.

E as sete chaves invisíveis? Impossível, também, desvendar aquele enigma!

Tiro-liro-liro

Na nossa cidade havia duas livrarias que, entre outras coisas, vendiam brinquedos. Um dia, sem mais nem menos, uma delas enfeitou a vitrine com seis pianos pequenos, idênticos a pianos de verdade, com pedais, sustenidos e banqueta. Do tamanho da máquina de costura da minha mãe.

Os pianinhos ficaram ali muito tempo. Bonitos demais. Caríssimos. Desprezados. A gente passava pra lá e pra cá, colava o nariz no vidro e ficava namorando aqueles instrumentos tão ajeitadinhos. Vontade de ser pianista!

Água mole em pedra dura, tanto bate até que fura! É verdade! Falamos, falamos, falamos, pedimos, pedimos, pedimos, até que um dia, não era aniversário de ninguém, a livraria mandou entregar o presente tão cobiçado.

Quatro pianistas, a casa se encheu de barulho. Para não haver briga, mamãe decidiu que cada um tocaria durante meia hora de manhã e meia hora de tarde. De mãos limpas, sapatos limpos, roupa limpa. Só que assim não tinha graça nenhuma, parecia castigo. A gente queria tocar quando o outro estava tocando.

Eu aprendi três músicas: o *Bife, Danúbio azul* e *Havia uma pastorinha que queria pastorar*. Meu irmão mais velho aprendeu o *Tiro-liro-liro*. O outro tocava com um dedo só *Meu limão, meu limoeiro*. O caçula não tocava nada, só barulhava e atrapalhava nós três. Cada um, na sua vez, queria tocar mais alto. Tocar e cantar aos berros, é claro! Para não incomodar tanto, o piano foi levado da sala de visitas para o meu quarto, que era muito espaçoso e aí, adeus ordem!

Almerinda resmungava todo santo dia. O quarto da Ritinha é grande demais! ...não sei pra que tanto brinquedo! ...bem não acabo de arrumar, eles bagunçam tudo! ...essa zoeira na cabeça da gente, não agüento mais! ...lugar de menino é no terreiro! ...eta meninada encapetada, precisada de couro! ...uma hora eu ainda arrebento este piano infernal!...

Um belo dia, coitada da Almerinda, acho que ela não fez por mal, foi azar mesmo. Ela estava passando a enceradeira no meu quarto, o fio era muito comprido, enlaçou o piano e BUM! A arrumadeira caiu esborrachada num canto e a enceradeira continuou rodando feito uma louca, espatifando tudo quanto era brinquedo. O piano quase de verdade virou um monte de tábuas, voou tecla pra tudo quanto é lado, até debaixo da cama. Não dava para acreditar! Parecia tão bem-feito, de madeira maciça, porém, na verdade, havia sido colado com cuspe. Umas tabuinhas mais mixurucas...

Todo mundo veio correndo, pensando que o mundo tivesse acabado. Que que foi? Onde foi? Quem foi? Foi a destrambelhada da Almerinda que... Vi a hora que minha mãe pegava Almerinda de tapas.

— Criatura mais estouvada, olhe o que você fez! — ela falou aos gritos.

— Não foi por querer, dona, foi o fio da enceradeira... — a outra explicou humilde.

— E quem mandou passar enceradeira? A casa tem sinteco, você não percebeu, sua tonta?

— Eu queria dar um brilho... a enceradeira escapou da minha mão, saiu rodando feito doida, nunca vi isso!...

— Feito doida, você! Olha o tamanho do prejuízo, sua irresponsável!

— Não tive culpa, já disse. Quando eu vi, eu tava no chão...

— A enceradeira estava na mão de quem, hein? Na minha? Assuma suas burradas, criatura!

— A senhora põe preço que eu pago! — ela falou limpando as lágrimas, já meio brava.

— Que mané paga, que nada! Você não pode com uma gata pelo rabo, vai pagar com quê? Tonta!

Minha mãe bem que podia ter parado por aí. Mas a raiva era tanta, havia tanto brinquedo quebrado, que ela ia juntando os pedaços e gritando com a pobre da Almerinda. Sua desastrada! Sua lerda! Sua isso, sua aquilo...!

Lá pelas tantas a arrumadeira perdeu a estribeira. Falou tudo que tinha vontade. Disse que estava cheia de nós quatro, principalmente de mim, da minha chatice, das minhas manhas, dos meus brinquedos de luxo e demais, quando tanta menina por aí nunca teve uma boneca, inclusive as irmãs dela, e aqui na nossa casa, esse esbanjamento...

— Põe preço que eu pago! A senhora devia pôr a mão pro céu de eu nunca ter roubado nada pra levar pro meu povo! Eu sou filha de gente pobre, gente de bem... não fiz por querer... foi o fio da enceradeira, já falei...

Almerinda chorou até! Minha mãe, é claro, não cobrou nada dela. Nem meu pai deixaria. Ainda mais ele, que foi menino pobre e sabia compreender essas coisas. Um bate-boca esquentado, na hora da raiva. Passou? Passou!

Passou nada! Nunca mais vi Almerinda. A mim ela não fez falta nenhuma. Era muito implicante, muito cricri. Para falar a verdade ela não chegava nem no pé da Fia e da Adelina, bravas conosco mas amorosas.

Os pedaços dos brinquedos foram varridos e colocados num saco de lixo. Não senti remorso nem saudade. Eles não tinham nada a ver comigo, nem eu, com eles. Estavam lá em casa por engano.

— Já vai tarde! — eu gritei em silêncio, quando o caminhão de lixo passou.

O pianinho se foi para sempre, que pena!, mas as músicas ficaram na nossa cabeça, na ponta da língua. A gente cantava sem quê nem porquê pela casa inteira, atropelando todo mundo com o patinete. O *Tiro-liro-liro* era a preferida.

> *Lá em cima vem o tiro-liro-liro*
> *Cá embaixo vem o tiro-liro-ló-ó*
> *Encontraram-se os dois na esquina*

Puseram gasolina
E tocaram xilindró
Comadre minha comadre
Eu gosto da sua garota
Ela é bonita
Apresenta-se bem
E parece que tem
Uma face marota

Se não fosse a Almerinda, eu seria uma pianista virtuosa. Eu, ou algum dos meus irmãos, com certeza.

Uma irmã, por favor!

No começo meu quarto ficou espaçoso, fresquinho, gostoso. Era assim mesmo que eu queria. Espaçoso até demais. Nossa, como meu quarto era grande!

Depois o clima foi mudando. O vento incomodava a gente à noite, no alpendre. Eu não podia tomar aquela friagem para não correr o risco de outra pneumonia.

De nada adiantava olhar o céu, sempre nublado. As estrelas sumiram de uma vez. Havia relâmpagos, trovões e raios nas noites de fim do verão. Dentro de casa, castiçais, velas e caixas de fósforo de prontidão em todos os cômodos.

Nós quatro voltamos a dormir mais cedo, com nossos medos antigos revigorados na escuridão. Acho que meus irmãos não eram medrosos; também, três camas encarreiradinhas no mesmo quarto! Assim, até eu!

Comecei a reparar melhor o meu quarto. Não era bem um quarto espaçoso. Era um quarto vazio. E vazio é um jeito que incomoda. Que mexe com as lembranças da gente.

Para que desenhar bonecas, se não havia para quem mostrá-las? Eram desenhos muito feios mesmo, de bruxinhas feias, com cara de bobas. Ah, se eu tivesse pelo menos uma das minhas bruxas de pano! Pelo menos todas! Se tia Bisa acordasse de repente! Vai ver que ela estava doidinha para acordar. Ah, se eu tivesse uma cadeira de rodas para recebê-la! A estrela amarelada, tratante, sumiu no mundo.

Quanta coisa me faltava! Mas a falta maior, a que me dava aflição, era a falta de uma irmã. E eu a queria tanto!

— Mamãe, será que você podia me fazer o favor de me dar uma irmã? Com a minha cara mesmo, nem precisa se preocupar, tá bom assim... o bercinho dela vai ficar no meu quarto, nós vamos dormir de mãos dadas toda noite... ela pode brincar com todos os meus brinquedos, pode espandongar tudo, quebrar tudo, se ela quiser... eu vou achar bom.

— Vou pensar no seu pedido, filhota! — ela prometeu.

Adelina e Fia sugeriram nomes estrambóticos — Francisléia, Genebalda, Lindasflor, Dorislênia, Adelminda, Jerôncia...

— Guardem estes nomes horríveis para as suas irmãs! — eu falei. — A minha vai se chamar MEL. Primeiro porque eu gosto de mel, segundo porque é minha irmã, ponho nela o nome que bem quiser! — eu avisei.

— Mãezinha, eu quero uma irmã agora, para brincar comigo agora. Quando eu for grande, não vou precisar mais. Por favor!

O pianinho durou pouco e estava fazendo muita falta. Ia recomeçar a velha cantilena.

Carta para Papai Noel

Genoveta vem toda sexta-feira. É manicure da minha mãe e amiga nossa. Ela faz brigadeiro mole, para se comer de colher, sem chocolate granulado, que nós quatro devoramos quente, na maior esganação.

— Genoveta, você tem irmã? — eu lhe perguntei com a boca lambuzada de brigadeiro.

Ela disse que tinha seis.

— Seis? Dá uma para mim?

— Elas já são grandonas, moram longe daqui...

— Como você arranjou tanta irmã? — eu quis saber.

— Quando eu nasci elas já estavam lá em casa, eu sou a rapa do tacho — ela contou.

Genoveta teve uma ótima idéia: uma carta para Papai Noel. Ela mesma me levou à livraria para escolher um papel de carta bem bonitinho e ela mesma fez o rascunho e passou a limpo, como eu queria, com as minhas palavras, assim:

PAPAI NOEL,

Minha prima disse que o senhor não existe e eu acho que não existe mesmo porque minha prima já é grande e é muito sabida.
    Neste Natal eu não quero ganhar presente. Tenho muitos, o caminhão de lixo até levou um pouco. Só se for outro pianinho, mas assim mesmo não precisa, por causa do fio da enceradeira que é muito comprido.
    Se você por acaso existir, será que poderia me fazer o favor de me dar uma irmã de verdade, de carne e osso, que sirva para brincar comigo pelo menos enquanto eu sou pequena e quero?
    O senhor tem irmã? A minha vai se chamar MEL. Minha mãe tem uma gaveta cheia de roupinha de neném, então está fácil.
    FELIZ NATAL PARA O SENHOR E PARA SUA IRMÃ. Beijos da Ritinha e, se o senhor existir, vê se não me dá o bolo, tá?

    Eu assinei um R bem grande, de Ritinha, para ele ficar encantado comigo, tão pequena e tão sabida.
    Meus irmãos acharam um cocô aquela carta.
    — Você não acredita em Papai Noel, fala isso para ele e ainda por cima pede coisa? — eles criticaram.
    — Irmã não é coisa, irmã é gente, viu, seus bobos! — eu respondi com toda minha sabedoria.
    Papai disse que eu era uma menina corajosa e verdadeira e que Papai Noel, quando lesse aquela cartinha rosa-choque, ia ficar muito orgulhoso de mim.
    — Orgulhoso por quê? Ele gosta de menina atrevida? — um deles perguntou.

Meu pai explicou que quem diz o que pensa não é atrevido. É franco e verdadeiro. Tem uma qualidade chamada caráter. Papai Noel gosta.

Mamãe achou a carta meio esquisita mas, se era assim que eu queria, tudo bem! Subiu na cadeira e a dependurou na ponta de um galho da nossa árvore de Natal.

Por mim, punha aquela carta no correio, mas todo mundo disse que não, que lugar de carta para Papai Noel era na árvore de Natal. Então, paciência!

Aqueles dias custaram demais a passar. Nunca na minha vida desejei tanto que Papai Noel existisse!

Nunca pensei que...

Que gente grande é mentirosa, tratante, embrulhona, eu já sabia. Nunca pensei que meus pais também fossem assim.

Na noite de Natal eu estava muito feliz com a certeza de ganhar o meu presente, se bem que os estrupícios da Fia e da Adelina ficavam só me agourando. Menina, menina, vê lá se não vai cair do cavalo, hein? Quem tudo quer, tudo perde!

Lá pelas tantas, eu já tinha dormido uns três sonos, escutei cochichos e passos, bem no meu quarto. De um salto eu me sentei e abri o cortinado. Eram meus pais, abaixadinhos, arrumando presentes no pé da minha cama.

— Então são vocês, hein? — fui logo falando alto, fazendo escândalo. — Vou contar tudo para os meninos, vocês me pagam!

— Fale baixo, filha — meu pai disse e fez psiu. — Está um chuvão lá fora, Papai Noel pediu que nós entregássemos os presentes de vocês. Ele já seguiu viagem, coitadinho, está todo encharcado.

Eu era boba mas nem tanto, não ia acreditar numa mentira esfarrapada feito aquela! Não quis nem papo com eles dois. Virei para o canto, cobri a cabeça, fechei os olhos, tapei os ouvidos e, com muita raiva, acabei pegando no sono.

Os meninos estavam na maior algazarra, rasgando papel, abrindo caixas e caixas de presentes, quando acordei. Fui ao quarto deles fazer o maior fuxico, só que nenhum deles se interessou, então voltei sem gracinha.

Nos pés da minha cama, só um pacote. A caixa enfeitada com papel de presente e laçarote de fita era grande mas nela não cabia, por exemplo, um piano. Um bebê caberia lá? Um bebê de verdade? Minha irmã? Coitadinha dela, fechada naquela caixa!

O coração disparado, as mãos aflitas, trêmulas, e uma certeza absoluta de encontrar MEL, foi assim que eu me ajoelhei no chão e rasguei aquele embrulho complicado, enorme.

Que coisa linda era aquela? Estava acordada. Tinha cara de bebê, covinha no queixo, bochechas rosadas, braços gorduchinhos, olhos claros e sorria. Não falava mamãe. Não chorava. Não piscava. Usava touca de renda, camisolinha bordada, sapatinho de tricô e estava presa ao fundo da caixa por dois laços de fita.

— MEEEEEEEEEEEEL! — eu gritei eufórica.

Na penumbra do meu quarto não dava para ver direito porém meu coração adivinhava.

Saí correndo pela casa, arrastando aquele bebê enorme preso ao fundo da caixa. Minha MEL! Eu tinha que mostrá-la a todo mundo.

Foi o porcaria do meu irmão caçula quem deu o alarme:

— Já nasceu de dente?

De dente. De batom. Sem fala. Sem cabelo. Ôco e de celulóide, feito uma bolinha de pingue-pongue. E gelado.

Um boneco, não dava para acreditar! Larguei a caixa espatifada ali mesmo e saí correndo para o quintal, em busca da minha mangueira, da minha tia bisavó e das minhas bruxas de pano. Todas perdidas para sempre.

Papai Noel de meia-tigela!

Nunca pensei que meu pai e minha mãe pudessem me enganar daquele tanto!

Homem ou mulher?

A mesa grande da sala de visitas estava toda enfeitada de frutas, castanhas, comidas gostosas, vinhos. Havia muitas pessoas convidadas para o almoço de Natal.

Nós quatro almoçamos mais cedo. Meus irmãos esparramaram os brinquedos novos no alpendre, no jardim, na maior alegria. Eu, lá no fundo daquele quintal sem graça, cimentado, amargando minhas desventuras horas e horas, finalmente pensei que, se pelo menos aquele boneco fosse uma boneca, já seria melhor do que nada.

Entrei caladinha e, no meu quarto, em cima da minha cama, enrolado em manta de lãzinha que tinha sido nossa, quem é que eu encontro? O boneco de celulóide! De covinha no queixo. De olhos azuis muito grandes, diferentes dos meus olhões de jabuticaba, como todo mundo falava. Com dois dentes na boca pintada de vermelho, uma boca que ria sem parar.

O boneco parecia um bebê de verdade, muito lindo. Era quase do meu tamanho. Fui arrastando aquele pacotão para perto de mim e dei um beijo na sua bochecha lustrosa, cor-de-rosa. Rosto gelado, que esquisito! E muito leve, eu achei.

Eu conhecia bruxas de pano, bonecas de massa, de papelão, de louça, de palha, de papel, de corda, de macela-do-campo, de ferro, de ouro, de tudo quanto há. De celulóide era a primeira. Meio estranha, na verdade, mas muito parecida com gente. Já pensou se fosse mulher?

Eu tomava banho com meus irmãos, sabia onde ficavam as diferenças.

Rapidamente desatei o laço da touca de rendinha, desenrolei a manta, virei o boneco de bruços e desabotoei os três botões minúsculos, tirei os sapatinhos de tricô, a camisinha pagã, fui jogando tudo no chão e, com muita dificuldade, abri o alfinete de fralda.

Nem homem nem mulher! Que palhaçada era aquela? Brincadeira mais sem graça, gente, faz isso comigo não!

Catei o boneco por uma perna e fui correndo para a sala de visita, bem atrás da cadeira do meu pai. Eu estava fuzilando de raiva.

— Foi você que me deu este boneco, papai? — perguntei sem rodeios.

— Foi, filhinha, e ele é muito bonito. Você gostou? — ele respondeu, perguntando.

— Detestei, não quero saber dele.

— Um filhinho lindo desse tanto, você não quer? Dá pra mim! — alguém comentou.

— Não tá vendo que ele tem olho azul? Não é meu filho — eu respondi de arranco.

— Quem é que tem um filhão tão bonito assim? Só você, Ritinha! — meu pai perguntou elogiando.

— Seu filho é o mais bonito de todos. Cadê a roupinha dele? — alguém quis saber.

Minha mãe, sentada na cadeira de lá, espichou o pescoço e advertiu:

— É muito lindo e custou muito caro, viu, benzinho? Brinca com cuidado!

Que raiva eu sentia quando eles jogavam na minha cara o preço alto dos presentes!

— Não pedi filho, pedi irmã. Essa coisa esquisita não é homem nem mulher. Eu não quero! — gritei perto de todo mundo.

Joguei o boneco pelado no peito do meu pai e saí correndo para o meu quarto. Ouvi mamãe dizer com licença, gente, nossa, como a Ritinha tem dado trabalho!

Meu pai veio atrás dela. Eu ia apanhar dos dois, com certeza. Porém ele chegou antes da minha mãe, abriu os braços, impedindo sua entrada no meu quarto. Eles me olharam calados. Se olharam. Me disseram muita coisa sem abrir a boca. E sem abrir a boca se disseram muita coisa. Depois de um tempo que parecia não acabar mais, papai passou o braço em volta do ombro de mamãe, ela limpou uma lágrima que estava cai não cai, e os dois voltaram à sala da festa.

Ficamos assim: aquele filhão rejeitado morando dentro do meu quarto, num lindo carrinho de vime... nossas roupinhas do gaveteiro, do tempo em que a gente nasceu, que nós antes só podíamos ver com os olhos, agora liberadas para uso do boneco... sem falar no resto, dúzias e dúzias de brinquedos novos... Mas eu, nem tium!

Eu pulava maré, pulava corda, jogava baliza, jogava bola na parede: ordem, seu lugar, sem rir, sem falar, de um pé, ao outro, de u'a mão, à outra, bate palma, pirueta, atrás da frente, bate queda. E desenhava. E falava sozinha. E lia em voz alta as ilustrações dos livros de história. E o tempo passava devagar.

Alguém botou nome no boneco. Afrânio Olympio José, para lembrar meu pai e meus avós. Que antipatia isso tudo me dava, desperdiçar nome de gente com boneco de loja!

Uma tarde minha mãe saiu com meus três irmãos. Foi levá-los para cortar o cabelo. O capeta, que estava de prontidão escondido atrás da porta, falou: *é hoje, Ritinha! Vamos?*

Fala, boneco!

Não sei o que me deu naquela tarde! Catei o boneco no carrinho de vime e, mais do que depressa, me enfiei debaixo da cama da minha mãe. Camona antiga, de cem anos, dos avós dela, bem altona, me cabia folgado lá embaixo. A colcha de vicunha se esparramava pelo chão. Era o esconderijo que eu pedi pra Deus!

— Você é ou não é meu filho?

O boneco sorrindo estava, sorrindo continuou.

— Fala ma-mãe!

— ....

— Maaaaaaa-mãe!

— ....

— Pára de rir e fala ma-mãe!

— ....

— Filho tem que obedecer mãe. Fala!

— ....

— Boneco, boneco, você não me conhece!

— ....

O boneco apenas ria e aquele risinho foi me implicando.

— Pára de rir, seu teimoso! Pára!

Ele me olhava com aqueles olhos azuis enormes, bonitos demais e sorria. Sorria ou ria? Ria para mim ou ria de mim?

Minha avó tinha olho preto. Meu avô, também. Minha mãe. Meu pai. Meus irmãos. Todo mundo da nossa família. Só prima Moema tinha olhos verdes, porque ela era de Rio Verde e, além do mais, comia chuchu, vagem, jiló, quiabo, couve, hortelã, alface, chicória, taioba, todas estas comidas verdes horríveis. Eu, hein?

Como é que eu podia ter um filho de olhos azuis? Com dois dentes? Com batom? Com aquela cara de riso? Teimoso daquele tanto?

— MAMÃE, anda, fala MA-MÃE!

O boneco, nada! Me olhava com a cara melhor do mundo e continuava todo sorridente, ignorando minhas ordens.

— Fala, seu porcaria, MA-MÃE! M A-M Ã E! M A-M Ã E!

— ....

— Pára de dar risada senão eu te bato! MAMÃE, anda, fala!

— ....

— Fala, seu peste! Você quer apanhar? *Ma-mãe maaaa-mãe!*

Se minha mãe me mandasse fazer alguma coisa e eu, além de não obedecer, ainda ficasse dando risada, que será que ela faria comigo? Me punha de castigo, me batia, me matava de pancada.

— Vai falar ou não vai falar? MAMÃE!

— ....

— Fala, trambolho! Pára de dar risada! Me respeita!

Era exasperante aquele momento. Eu não pedi um filho, muito menos um boneco. Não gostava daquele brinquedo. Não queria ter mais boneca de nada na minha vida.

Eu queria minhas bruxas de pano. Acabaram com elas. Queria minha tia Laurinda. Sumiram com ela. Queria a casa velha com a mangueira sabina. Me tiraram de lá. Queria uma irmã. Ninguém me deu.

— Fala, coisa atentada, *ma-mãe!* Fala, senão eu até nem sei o que faço com você!

Era bonito demais, leve demais, grande demais, risonho demais, lerdo demais, teimoso demais, pirracento demais, irritante demais, malcriado demais, contrariante demais, arrogante demais, petulante demais, burro demais. Nem macho nem fêmea. Era coisa querendo ser gente. Meu limite de paciência se esgotou.

— *Fala, boneeeeco!*

Dei um tapa no rosto do boneco com tanta força, que o pescoço e o rosto rodaram para o lado. Então eu virei o queixo com tudo para o lugar certo e dei um ultimato:

— *Faaaaaaaaa-la, porcariiiiiiiiiiiiiiiia!*

Tasquei uma dentada na cara do boneco, no seu nariz tão bem-feitinho. Ouvi só um estalo. O nariz rachou no meio e as narinas afundaram. O sinal de 12 dentes meus ficou para sempre naquela carinha bonita.

Quando vi o tamanho do estrago, joguei o boneco para um lado e saí correndo. Minha mãe ia aprontar o maior fuzuê. Eu estava perdidinha da silva.

Conto ou não conto? Conto! Eu era uma menina verdadeira, se bem que todo mundo a minha volta fosse mentiroso.

Não conto! Ia colocar o boneco no meu quarto, dentro do carrinho de vime onde ele morava e pronto. Ele era ou não era meu? Se alguém perguntasse, eu responderia não sei, quando eu vi já estava assim, igual gente grande sempre fala.

A arrumadeira nova não devia ser lá essas coisas porque demorou muitos dias a encontrar Afrânio Olympio José debaixo da cama da minha mãe e aprontar aquele escarcéu.

Minha mãe? Minha mãe quase teve um troço. Me sacudiu pelos ombros, furiosa.

— Maria Rita, você ficou louca? — ela me perguntou brava, adivinhando que só podia ter sido eu.

A obrigação dos ossos

— Menina, você endoidou? — minha mãe perguntou de novo.

Ela disse que não agüentava mais, que nossa casa parecia um hospício, que eu era uma menina desajustada, que ela não sabia mais o que fazer comigo... Me sacudia e falava Maria Rita, pelo amor de Deus, me dá um pouco de paz, menina!... E me sacudia de novo.

Sua boca estava seca e ela, muito nervosa.

— Sabe quanto custou esta boneca, Maria Rita? Sabe?

Ela me chacoalhava e perguntava: sabe quanto? Uma fortuna! Eu falei para seu pai que você não merecia, eu avisei!

De repente, de tão ofegante, ela parou. Fechou os olhos e respirava só um pouquinho, bem devagar. Suas mãos tremiam como as de tia Laurinda.

Fia trouxe um copo d'água. Mamãe bebeu de golinhos. Foi até a janela, sempre de olhos fechados, e ficou um tempão respirando de pouco em pouco. Assim que melhorou ela disse:

— Quando seu pai chegar de viagem nós vamos resolver este assunto. Você foi longe demais, Maria Rita! Vá beber água, fazer xixi, pôr pijama e ficar de castigo. Hoje você não sai mais do seu quarto.

Minha mãe me trancou lá dentro. Eu não ia tomar umas chineladas, não? Ia só ficar de castigo? Não acreditei! Não era a mãe que eu conhecia. Nem umas palmadas?

Era de tardezinha. Fia, Adelina e a arrumadeira estavam de saída.

Enquanto havia claridade, tudo bem, eu brinquei com alguns brinquedos, o tempo passou sem problema. Mas quando começou a escurecer, foi me dando um medo, mas um medo tão grande, que eu comecei a ficar aflita.

— Abra a porta, gente!

— Por favor, alguém abra esta porta!

— Mãe, eu prometo nunca mais fazer isto!

— Mãezinha, acenda a luz, por favor!

A janela do meu quarto escancarada. O céu, um pretume só. Embaçado. Nem uma estrela para contar o caso das outras.

— Mamãe, abra esta porta, por favor, tem um doido aqui! Socorro!

Eu chorava, pedia, implorava, esgoelava, gritava, urrava e ninguém me acudia. Eu chamava meu pai, minha avó, as empregadas, meus irmãos, em vão. Só os doidos das histórias de Adelina e Fia é que vinham me fazer companhia. Com seus dentes afiados, com seus olhos de fogo.

— Gente, pelo amor de Deus, o doido vai me pegar. Alguém me acode, por favor.

Chutei a porta, dei murro, escorreguei no cortinado, caí, fiz xixi na calça, me desesperei.

— Mãe, mãezinha, não faça isso comigo! Eu estou com medo! Alguém, por favor, feche a janela! Tem um doido na janela. *Mamãããããããããããe!*

Minha mãe me deixou ali, naquele maior sofrimento, e não abriu a porta. Não disse uma palavra. Meus irmãos eram da minha idade, decerto também morriam de medo dela, não podiam mesmo me ajudar.

Havia uma fita de luz do corredor embaixo da porta. Arranquei os lençóis da cama e com eles enxuguei a poça de xixi. Por fim me deitei colada àquele fio de claridade, cobri a cabeça com os lençóis molhados e chorei até ficar rouca. Decerto até adormecer exausta.

Que horas eram? Não sei. Quantas horas fiquei presa ali? Não sei. Não quero saber. Não gosto de me lembrar disso. Não sei por que estou falando agora.

O remédio foi muito amargo e a dose, forte demais. Eu nem tinha seis anos ainda, não entendi por que minha mãe fez aquilo.

Durante muitos dias eu nem conseguia falar. Minha garganta ardia e a voz havia sumido. Adelina temperava água com Maravilha Curativa e me dava para gargarejar. Foram muito ruins aqueles dias. Eu fiquei muito humilhada, muito confusa, muito isolada, muito triste, machucada em algum lugar invisível dentro de mim.

A boneca era ou não era minha? Se era, eu podia fazer com ela o que bem entendesse. Se havia custado caro demais, é porque eles não tinham dinheiro. E se não tinham dinheiro, por que não compraram uma mais barata?

Eu não queria boneca nenhuma. Não gostava de brincar com boneca de loja. Na minha vida eu só gostei de brincar com as bruxas de pano de tia Laurinda. Mas isso tinha sido num tempo que ficava cada vez mais longe de mim. Mais inacessível.

Meu pai custou a voltar da tal viagem. Fiquei com o coração na mão, esperando o chamado dele para "aquela conversa". Ele nunca chamou. Decerto pôs uma pedra em cima do assunto.

Devolvi as roupinhas do nosso enxoval para o gaveteiro. Levei o carrinho de vime com seu dono para o quartinho de passar roupa, depois para o quartinho de despejo.

Fiquei esperando um mundo de coisas que nunca vieram: um pedido de desculpas da minha mãe, uma tia bisavó fujona, dorminhoca, uma trouxa caída de um caminhão de mudança, cheia de bruxinhas (será que alguém achou?), uma estrela pisca-pisca muito tratante, um Papai Noel fajuto, uma irmã que ninguém podia me dar. Ao invés de Maria Rita, meu nome deveria ser Esperança.

Cresci, porque crescer é obrigação dos ossos de todas as crianças, inclusive das crianças confusas e tristes, porém nunca mais brinquei de boneca.

Oito anos

$\mathcal{A}$ festa de aniversário de oito anos do meu irmão mais velho ficou marcada na minha lembrança. Nossa tia lhe ensinou a poesia "Meus oito anos" e até eu acabei decorando, de tanto que eles ensaiaram.

Quando ele acabou a declamação foi aquela salva de palmas. As tias e as primas falavam que gracinha, que gracinha! Depois cantaram parabéns e bateram mais palmas e de novo falaram que gracinha! Para mim, fazer oito anos ficou sendo o máximo.

Foi uma festa muito especial porque os convidados trouxeram muito material escolar e pouco brinquedo. A caixa de lápis de cor tinha 48 lápis, uma maravilha! A lancheira era cheia de compartimentos, tinha até garrafinha térmica. A pasta de couro marrom, com chave, segredo e tudo, bacaninha! Ele ganhou tênis novo, bola de futebol, uma coleção de livros de história, um apontador de lápis de manivela, para aparafusar na mesa. Tanta coisa!

Ele não era mais um menininho, era um rapazinho. Sabia ler, escrever, somar e diminuir. A diferença dele para mim era imensa.

Eu tinha seis anos e meio, mamava mamadeira, dormia depois do almoço, contava de 1 a 30 e escrevia apenas letras maiúsculas.

Oito anos, para mim, passou a significar maioridade. Escola. Uniforme. Lanche. Dever de casa. Professora. Parar de dormir de dia. Largar de ser neném.

Faltava um queijo e uma rapadura para minha grande festa. Um tempo de pasmaceira, cheio de silêncios. Eu, meio barata tonta entre as brincadeiras estouvadas dos irmãos e primos, preferia ficar zanzando pela cozinha, rabeando as empregadas. Vira-e-mexe uma delas queria tocar "naqueles assuntos" porém a outra desconversava.

Entrar na escola aos sete anos foi, para mim, uma tábua de salvação. Uma agitação saudável. Só de noite, já deitada na minha cama, é que as lembranças tomavam conta da minha cabeça. Principalmente se o céu estivesse todo estrelado.

Dentro de mim passou a existir uma certeza: minha vida seria completamente diferente depois que eu completasse oito anos. Muito melhor.

Netos número 33 e 34

*J*ulho. Sete anos e meio. Domingo. Minha avó mandou todo mundo calar a boca na hora do almoço, na casa dela, porque ela ia contar uma novidade muito importante.

— Meus netos número 33 e 34 estão a caminho. Vão nascer em janeiro e eu estou muito alegre!

E contou o nome das mães. Minha mãe era uma.

Um irmão? Eu ia ganhar um irmão? Jura, vó? Um irmão? De carne e osso! Não acredito! Raciocinei rapidinho: minha avó não mente, deve ser verdade. Por isso eu perguntei gritando:

— Vovó, será que o nosso pode ser menina? E também nascer em fevereiro, no dia dos meus anos?

Todo mundo deu risada da minha bobagem. Vovó disse tanto faz, menino ou menina, qualquer um que vier será bem-vindo. Só que ele, ou ela, não sei, chegará em janeiro. Pode tirar seu cavalinho da chuva, Ritinha! Janeiro!

A mudança na minha vida era essa: a chegada de um novo irmão em janeiro, pertinho do meu aniversário. Nem almocei mais. Saí pulando num pé só, feito um saci-pererê, de tanta alegria. Oba!

— Vovó, o nosso é o 33 ou o 34? — eu quis saber.

— Esqueci minha bola de cristal lá na fazenda... Ritinha, Ritinha, sossega, leoa! — ela respondeu para me acalmar.

Um irmão seria bem-vindo, é claro, mas uma irmã seria muitíssimo mais bem-vinda.

MEL

— Mamãe, você acha que MEL é um nome bonito?
— MEL? Mel não é nome de gente, filha, mel é nome de comida, de açúcar feito pelas abelhas! — ela explicou, deixando bem claro que não aprovava minha idéia.
— E se for machinho, que tal se chamar MELADO? — propôs meu tio fazedor de barcos de papel. — Se forem gêmeos, MEL e MELADO, que tal, Ritinha?

Podia acontecer de ser menino, para azar meu. Tadinho dele, credo! MELADO! Mas é claro que não seria menino, seria menina porque eu queria menina. E também porque na nossa casa já tinha homem demais.

Para mim MEL já existia de verdade. Eu conversava com ela, desenhava, cantava para ela, sonhava com ela, e ela, preguiçosa, não chegava.

Gente demora demais para nascer! O mês de janeiro parecia nunca mais chegar.

Foram tempos difíceis para minha mãe. Enquanto minha tia, toda esplendorosa, comia bem, engordava e bordava o enxoval do neném dela, minha mãe vomitava, tomava remédio e mais remédio, e não queria comer nada, nem pensava em enxoval.

— O gaveteiro está cheio de roupa. Na hora é só lavar, trocar alguma fitinha, algum cadarço, outra hora eu vejo... — era tudo que ela conseguia decidir.

Minha tia, com aquele barrigão redondo, toda animada, esperando o segundo filho. Minha mãe, com uma barriguinha de nada, toda desanimada, esperando o quinto filho.

Vovó convenceu meu pai a se mudar com todos nós para a casa dela quando as aulas terminassem. Estava muito preocupada com tudo. E lá fomos nós, de mala e cuia. A criançada feliz da vida, mamãe contrariada.

Eu não teria muito tempo para brincar com minha irmã. De manhã fazia os deveres, à tarde tinha aula. Acho que minha mãe demorou demais a atender meu pedido.

Pelo menos duas coisas boas iriam acontecer: MEL teria todos os meus brinquedos para fazer o que bem entendesse, jogar fora, quebrar, ou mesmo brincar, se preferisse, e eu ganharia para sempre a melhor companheirinha da minha vida.

— O berço dela vai ficar deste lado, viu, mamãe?

— Posso empurrar o carrinho dela na pracinha?

— Vamos brincar de fazer comidinha?

— Quer brincar de escolinha, MEL?

— Vem brincar de pique... de esconder... de estátua... de medá-cantinho... de corre-cotia... de três marinheiros... de fui no Itororó... cabra-cega...

— Mico-preto é tão divertido, vem jogar comigo, MEL!

— Pega-vareta, não, é perigoso, você é muito pequenininha. Quando você crescer eu te ensino.

Eu imaginava duas irmãs da mesma idade, compartilhando uma infância muito boa. Fia jogava baldes de água fria nos meus castelos. Ficava desmoralizando a coitadinha.

— Tá pensando o quê, Maria Rita? Essa molequinha vai nascer deste tamaninho, bobinha, sem fala, com dor de barriga, dor de ouvido, mijando e cagando nas fraldas o dia inteiro. Vai levar uns cinco, seis anos para ela começar a brincar. Até lá você vai estar de namorado, vai achar esta Melzinha um saco! Quer apostar?

— Sua chatonilda! Eu sempre vou achar minha irmã a melhor coisa do mundo, viu, Fia? — eu respondia sem vacilar. — Larga a Fia, MEL, a Fia é boba! Vem cá, vamos brincar de seu-lobo.

Vamos passear na floresta
enquanto seu lobo se veste...
— Está pronto, seu lobo?
— Não, estou tomando banho!

— Fia, quando você ficar boazinha, faz mãe-benta para nós, na forminha de papel? MEL até hoje não sabe o que é mãe-benta. Ela vai adorar.

— Tá bem, dona Ritinha mandona, quando ela chegar eu faço, calma que o Brasil é nosso!

Fia era brava mas era muito legal.

A permuta

O neto número 33 foi uma menina. Gorduchinha. Rosada. Risonha. Faminta. Calma. Bonitinha demais. Se fosse minha, acho que eu soltava foguete para comemorar.

Minha tia ficou muito contente, meu tio ficou um pouco desapontado. Ele queria um homem, para pôr o nome do seu pai.

Imaginei que, se minha mãe ganhasse um menino, eu ia ficar com cara de tacho. Já pensou, que zebra? Prevenir é melhor do que remediar, não é assim que gente grande fala? Para evitar aborrecimentos futuros, fiz uma proposta para meu tio:

— Tio, se minha mãe tiver um menino, a gente troca, tá?

— Você tem coragem, Ritinha? — ele perguntou com cara séria.

— Eu? Claro que eu tenho coragem. O que eu vou fazer com mais um menino lá em casa? Quatro capetas, tio, quem agüenta?

— Tudo bem. Então depois você fala com a sua tia, tá?

— Não, tio, o senhor fala.

— Não, senhora, você fala.

Não tive coragem. Deixei para depois, até porque o bebê de minha mãe já estava pronto e era uma menina, faltava só nascer. Por via das dúvidas, o negócio ficou mais ou menos fechado.

Tudo eu?

Minha mãe ficou três dias naquele vai-não-vai. A pressão meio alta, os olhos no buraco, as forças poucas, as conversas conversadas em voz baixa.

Risco de vida, eu ouvi muito bem os cochichos. Adelina estava lavando roupa, foi para ela que eu perguntei primeiro.

— Risco de vida é o quê, Adelina?

Para me poupar ela respondeu que não era nada, que eu fosse brincar. Então eu perguntei para Fia e ela subiu nos tamancos.

— Risco de vida é o mesmo que risco de morte. É sua mãe, que tá com o pé na cova...

— Pé na cova? O que que é isto? — eu quis saber assustada.

— Isto? É você! Fica aí com essa carinha de sonsa mas a culpa é sua. Entra ano, sai ano, aquela aporrinhação: eu quero uma irmã! ... me dá uma irmã!... cadê tia Bisa?... um caco de tia que já estava caindo de velha, ah, não, Ritinha!... cadê minhas bruxas de pano? ... eu quero minhas bruxinhas!...

— Fia, minha mãe está correndo perigo de morrer?

— Não sei, vai perguntar pro seu pai, menininha mais precisada de couro. Ah, dona Ritinha! Viu só o que você aprontou?

— Ela vai morrer?

— Sua mãe teve quatro filhos... foi demais... a saúde dela é fraca... agora está aí, desse jeito... culpa sua, viu?

Culpa minha? Minha? Não! Eu já tinha culpa demais. Eu já havia perdido coisa demais. Não podia perder minha mãe. Subi a escadaria da cozinha quase voando, de dois em dois degraus.

Vovó estava despejando café no coador de flanela.

— Vó, é culpa minha?

Ela barrou minha chegada porque o café estava pelando e, sem me olhar, perguntou culpa de quê, filhota?

— Da minha mãe morrer!

— O quê?

Minha avó descansou a caçarola em cima da pia, se abaixou, aconchegou meu rosto entre suas mãos, viu que meus olhos se enchiam de água, me apertou contra o peito e disse:

— Judiação, quem foi que falou uma maldade desta?

— É porque eu queria tanto uma irmã, eu falei tanto nisto, aí a minha mãe foi... foi arranjar... uma... uma irmã... para mim...

Quanto mais vovó me apertava no seu peito, mais eu chorava.

— Ela...vai... morrer... vovó?

— Não, minha nega, de jeito nenhum! Ela está se esforçando para ter este filho, não só para te contentar. Ela também quer. Sua mãezinha está lutando muito e ela vai conseguir. Chora não, vai brincar no quintal, vai! Assim você atrapalha ainda mais as coisas.

A meninada está toda lá, vai brincar! Oh, meu Deus, como tem gente má neste mundo! — ela disse.

Vovó despejou o resto do café no coador. Eu virei no calcanhar, atravessei o corredor feito um tiro e fui parar na sala. Papai, tia Dedete e doutor Rui estavam de pé, conversando baixinho.

— Fala a verdade, papai, minha mãe vai morrer? — eu perguntei à queima-roupa.

Doutor Rui foi quem me pôs no colo. E ainda achou palavras para brincar comigo.

— Que cara mais feia é esta? Chorando por quê?

— Porque eu quero uma irmã e a minha mãe é fraca, e agora ela vai morrer só porque eu atentei ela demais! — eu disse soluçando.

— Ah, você atentou sua mãe por causa de uma irmã, não é mesmo? Você prometeu lavar as fraldinhas de xixi e de cocô? Prometeu? Agora você está com nojo? Está arrependida da promessa? Pois pode ir se preparando que agora mesmo eu vou entrar naquele quarto, vou ter uma conversa muito séria com este molequinho dorminhoco que está com preguiça de nascer, e aí eu quero ver se ele nasce ou não nasce! Prepare-se para lavar um monte de fraldas todo dia, você vai ver só o mijão que vem aí! — ele falou carinhoso.

— Doutor, eu quero uma menina, tá?

Ele explicou que menino ou menina era a mesma coisa, eu ia gostar do mesmo jeito.

Papai me deu uma palmada na bunda, disse vai brincar no terreiro. Tia Dedete me deu a mão e me tirou dali.

Maria Rita e Ritinha

No fundo do quintal havia uma ameixeira imensa. A terra estava molhada porque chovia muito naquele mês de janeiro, mas assim mesmo eu me sentei no chão. Catei um graveto e fui riscando uma porção de corações com a inicial do nome de cada um da minha família. O coração da minha mãe tive que fazer bem grande, para caber Mel lá dentro.

Ia desenhando e pensando... Tudo que meus três irmãos queriam era fácil. Tudo que eu queria era custoso. Por quê? Querer uma irmã, é querer demais? Eu tenho que ficar sem mãe, se quiser ter uma irmã? Genoveta tem seis e a mãe dela está viva até hoje. Genoveta pode. Eu, não?

Eu era uma pestinha? Pirracenta? Birrenta? Insatisfeita? Teimosa? Desajustada? Desamorosa? Eu gostava mais da minha tia caquética do que da minha mãe? Eu gostava mais daquelas bruxas de pano horrorosas do que do boneco de celulóide caríssimo? Eu era doida varrida, gostava mais de conversar com as estrelas do que com os irmãos?

E minha mãe? Era uma santinha, por acaso? Por acaso ela não era brava demais? Gritadeira? Batedeira? E "aquilo" que ela fez comigo, não passou da conta, não? E o pedido de desculpa, não precisava, não?

Mamãe lá dentro, morre não morre, e eu remoendo essas coisas feias. Eu não sou uma boa filha, eu pensava. A hora é delicada, ela precisa de ajuda, não de censura. Porém eu tinha que enfrentar essa conversa comigo mesma.

Na verdade "naquela tarde" ela não me bateu. Não me beliscou. Não me puxou a orelha. Por que havia doído tanto e doía até hoje?

O horror daquela noite ficou marcado no meu coração, como as marcas de ferro em brasa marcavam as reses do meu avô. Para sempre.

Minha mãe devia ter me pedido desculpa. Custava? Desculpa é só menino que pede? Gente grande, não?

A hora não era própria mas tinha que ser agora. Eu tinha que enfrentar aquela conversa comigo mesma. Meu pensamento deu muitas cambalhotas. Falo ou não falo? Penso ou não penso? Não falo mas continuo pensando, martelando "aquilo" na minha cabeça.

Finalmente Maria Rita, mocinha, corajosa bastante para dormir sozinha num quarto enorme, faltando seis dias para completar oito anos, chamou Ritinha, chorona, de cinco anos, para um acerto de contas.

— Será que mamãe tinha mesmo que te pedir desculpas, Ritinha?

— ...
— Quem estendeu lençóis limpinhos, cheirosos, na sua cama?
— ...
— Quem te apanhou no chão, passou uma toalha de rosto úmida, morninha, no seu corpo, antes de te vestir o pijama?
— ...
— Quem preparou a mamadeira de leite com chocolate que amanheceu vazia no seu criado-mudo?
— ...
— Quem fechou o cortinado de filó para que os pernilongos não te picassem durante a noite?
— ...
— Quem cerrou as folhas da veneziana para te proteger contra os ventos frios da madrugada? Contra pneumonia?
— ...
— Quem deixou a luz do corredor acesa para clarear seu quarto e espantar fantasmas?
— ...
— Quem fez tudo isto ainda precisa pedir desculpas? Precisa, Ritinha? — Maria Rita perguntou duramente, confusa com aquela duplicidade.
— ...
E continuou impiedosa:
— Você, sim, você é muito ruim. Você mordeu o rosto do boneco mais lindo do mundo, por querer, de raiva. E, para reafirmar seu desamor por ele, abandonou-o para sempre no quartinho de

despejo. E se ele fosse gente, que horror! Nossa mãe já arrancou pedaço de você? Já te jogou fora algum dia?

— Não!

— Presta atenção, ela te pôs de castigo, depois anoiteceu e você ficou sozinha no quarto escuro. Foi ruim?

— Foi ruim demais!

— Demais, Ritinha?

— Foi péssimo, eu senti tanto medo!

— Foi péssimo mas já passou.

— Não passou!

— Você era muito custosa, Ritinha! Aliás, era, não, é! Agora mamãe precisa de ajuda. Larga de ser egoísta, de pensar só em você. Faz um pensamento bom por ela. Por MEL. Nós duas queremos MEL mas não podemos ajudar e estamos perdendo tempo. Cadê nossas amigas poderosas?

— Amigas poderosas? Quais? — Ritinha perguntou.

— Pensa! Você tem cabeça! Mas pensa depressa, porque nossa mãe não pode esperar — Maria Rita falou, enérgica.

Mamãe não podia esperar. Não podia desistir agora. Nós precisávamos muito dela. Quem poderia ajudá-la?

— Tia Bisa! — eu me lembrei de estalo.

Tia Laurinda curava umbigo de neném, curava mãe de neném, quem sabe ela poderia...?

Tia Laurinda estava dormindo para sempre, eu nem sabia onde. Então fez-se uma luz na minha cabeça: a estrela amarelada que tudo sabe, que tudo vê, ia trazer tia Bisa para ajudar doutor Rui.

— Vai, estrela amarela, minha amiga, vai buscar tia Bisa, por favor! MEL precisa dela. Minha mãe precisa dela. O médico precisa dela. Por favor!

As chaves! Eu tinha que encontrar rapidinho as sete chaves que abriam as sete portas do cofre do meu coração. Bastava firmar o pensamento. Porém firmar o pensamento era muito difícil para mim naquele momento, porque eu estava aflita.

— Me dá suas mãos, Ritinha... — falou Maria Rita docemente — ...segura com força, nós vamos conseguir!

Lágrimas mornas, gordas, saltavam dos meus olhos fechados. Assim mesmo eu via MEL brincando com as bruxinhas de pano que aproveitaram as sete portas abertas e fugiram.

Ficamos muito tempo ali, nós duas, concentradas, ora de mãos dadas, ora fazendo figa até dar cãibra nas mãos.

A tarde se esvaindo, o céu escuro prenunciando chuva pesada. Meu coração descompassado. Eu, agora mais forte, mais para Maria Rita do que para Ritinha, esperando confiante a chegada da minha irmã. Ia dar certo!

A sirene da fábrica de guaraná apitou, encerrando o trabalho do turno da tarde — cinco e meia!

Já estava escurecendo quando, de repente, alguém gritou do alto da escada da cozinha:

— NASCEEEEEEEEEEEEEEEEEEEEEEEEEEEEEEEU!

Um ratinho

— NASCEEEEEEEEEEU! É meninoooooooooooooooo!

Menino? A MEL que eu tanto quero é um menino?

Lá de onde eu estava, gritei bem alto:

— E minha mãe?

Ele esticou o braço e, com o dedão em riste, fez sinal de positivo.

Minha irmã era um menino mas minha mãe estava viva. Que mais eu podia querer? Meu coração explodiu de felicidade. Eu ria, que ria, segurando o choro, porque aquilo era muito bom, era motivo de alegria.

Meu tio fazedor de barcos apareceu na janela da cozinha com aquele jeitão dele, todo esparolado, e gritou:

— Ritinha, o MELADO nasceu! É feio pra caramba!

Eu comecei a pular num pé só, no outro, dançando, que era assim o meu jeito de ficar feliz, enquanto cantarolava

...lá em cima vem o tiro-liro-liro
cá embaixo vem o tiro-liro-ló-ó...

Nosso irmão nasceu enforcado no próprio cordão umbilical, foi bem complicado o que aconteceu.

O médico proibiu visitas porque mãe e filho estavam fraquinhos. Só vovó, papai e a enfermeira podiam entrar no quarto. Nós, irmãos e primos, só depois que o umbigo caísse, o que demorou uma semana e meia.

No dia que eu vi aquele irmão tão custosinho, tão importante para todos nós, fiquei chocada.

Ele não era só feio. Era horroroso. Parecia um ratinho. Magrinho. Roxinho. Pele e osso. Meu tio zombeteiro falou que ele era uma amostra grátis de gente. Papai falou calma, pessoal, ele vai crescer parrudo e bonito. Alguém está com pressa? — meu pai perguntou. Até seu choro era tão baixinho que a gente mal escutava. Ele gemia quando mamava, quando dormia, quando tomava banho, decerto alguma coisa doía muito dentro dele, nem tinha força para sugar o peito da minha mãe. Foi criado com colherinhas de leite.

Eu nem pedi para segurá-lo no colo, de medo que se quebrasse. Um bebê enforcado, que coisa mais esquisita!

Negócio desfeito

— Vamos fechar o negócio, Ritinha? — meu tio perguntou.
— Que negócio? — eu perguntei também.
— Ué, o negócio da troca...
— Que troca, tio?
— Eu queria um menino, você queria uma menina, veio tudo errado. Você falou que...

Falei, sim. Falei que, se nascesse homem lá em casa, a gente trocava os bebês, e agora? Eu era uma menina de palavra ou sem palavra? De palavra! Mas, naquele caso, ficava o dito por não dito.

— Troco, não, tio. Mudei de idéia.
— A minha é muito mais bonita do que o seu. Você ainda leva mais esta vantagem. Vamos fechar o negócio?
— Não posso!
— Não pode por quê?
— Porque não!
— Porque não, não é resposta. Um bichinho feio daquele...

— Sabe, tio, eu gosto dele! Nem acho ele tão feio assim!
— Então está desfeito o trato, dona Maria Rita? Eu vou ter que me conformar com a minha gordinha mesmo?
— Vai!

O príncipe

*E*sse irmão temporão foi a melhor coisa que aconteceu na nossa casa.

Sopinha de legumes passada na peneira? A gente tomava com ele.

Engatinhar? A gente batia o joelho no chão e engatinhava com ele.

Andar? Dandá-pra-ganhar-papá! Todos queriam pegar nas mãozinhas dele. Quando ele vacilava e caía, caíamos os quatro juntos.

Trenzinho? Cadê a colcha velha, mamãe? Piuíiiiiiiiiiiiiiiiiii! Ele se deitava feito um príncipe numa almofada macia, no meio da colcha, e nós puxávamos aquela locomotiva deslizante pela casa inteira. PIUíiiiiiiiiiiiiiii. De vez em quando havia um acidente de percurso, um bibelô quebrado, uma cadeira caída... PIUíiiiiiiiiiiiiiiiiiiiiii. Ele gostava.

Cresceu levado, espertinho e cheio de vontades.

Eu desenhava bruxas para ele, ele as achava feias, embolava os papéis, jogava no chão. Eu brincava de casinha, de comidinha, de escolinha. Ele ficava cinco minutos, espatifava tudo e ia chutar bola, lavar o cachorro, trepar nas grimpas da goiabeira. Eu riscava o cimento para pular maré, ele riscava para demarcar as casinhas de bete. Eu gostava de pular corda, ele preferia brincar de carimbada.

Nós comíamos de tudo, e ai de quem não comesse! Ele comia arroz com rapadura. Pão de queijo com tomate, sal e azeite de oliva. Leite condensado com farinha de milho. Pão francês quentinho, assado na hora, sem miolo, recheado de bastante manteiga, açúcar cristal e café.

Cada vez eu me lembrava menos das minhas amadas bruxas de pano, tão quietinhas, penduradas no varal, nos galhos mais baixos da mangueira. Cada vez mais se esgarçava na minha lembrança a fisionomia de tia Bisa. Meu curto reinado de princesa cedeu lugar a um novo tempo de vassalagem — eu era fiel escudeira do meu príncipe. Criativo. Inteligente. Mandão. Muito mais bonito do que nós quatro.

Cento e quatorze anos depois

*E*sta manhã o moço da vidraçaria mandou entregar o quadro emoldurado. Vidro sobre vidro e o retalho de linho no meio. Ficou bonito demais, uma preciosidade! Para mim é uma obra de arte bordada no final do século XIX por uma artista de 12 anos.

Não consigo fixar o prego na parede do meu quarto. Todos entortam e vão danificando o reboco. O apartamento está pintadinho. O contrato de aluguel reza que é proibido pendurar quadros nas paredes. As outras meninas vão chiar, é claro. Não vejo a hora de terminar esta faculdade, ter uma casa só minha, para pendurar na parede quantos quadros quiser.

Encontrar este paninho de amostra agora foi um choque. Como se alguém acionasse no mesmo instante todos os comandos da minha sensibilidade. Estou no túnel do tempo, fragilizada.

Calmamente, com muito respeito e delicadeza, deslizo os dedos pelo vidro, acariciando o bordado desbotado. Não vejo as letras nem o bordado, que estranho!

Pela minha lembrança passam os negros recém-libertos do cativeiro, comemorando o nascimento da filha da costureira, 1888...

...uma menina magrinha borda monogramas num retalho de linho enquanto a mãe toca a manivela da máquina de costura, 1900...

...um sapo carola de barba rala na cara vira príncipe encantado e uma cobra traiçoeira fuma na medalha da FEB, 1945...

Lágrimas bobas inundam meus olhos, vou acabar martelando o dedo!

...a mangueira sabina é enorme e está carregada de flores. Mais alto, Adelina! Bem altão! Cuidado, princesa! ...uma princesa descalça, só de calcinha, gangorra em seu trono de tábua amarrado com corda de bacalhau... uma fada madrinha paralítica e cega costura bruxas e mais bruxas de pano, salpicando de felicidade a infância da menina... o exército inimigo vem galopando em seus cavalos de pau. Princesa-bruxa, uuuuuuuu!, 1984...

...há duas rodas de ferro queimadas, retorcidas, num monte de lixo no fundo do quintal, 1985...

...um bebê miudinho nasce enforcado e salva a irmã, 1988...

Sete portas, sete chaves... Não foi fácil! Não era sempre que as sete chaves abriam as sete portas do cofre do meu coração. De vez em quando algumas emperravam, enferrujavam e dava um trabalhão encontrar chão firme para aterrissar meu aviãozinho.

Quando os livros didáticos me ensinaram que não existe gente nas estrelas e que seu pisca-pisca é apenas ilusão ótica, eu já sabia lidar com as chaves e as portas, ainda bem!

Dentro de mim vivem duas meninas: Ritinha, sempre chorona, perdida nos silêncios da vida, navegante, e Maria Rita, mais durona, mais ousada e assumida, pé no chão. Vamos tocando a vida.

A raiva dos irmãos e primos acabou. Somos ótimos amigos, um por todos, todos por um! Cada qual passou no vestibular numa cidade diferente, a gente morre de saudade uns dos outros. As férias estão chegando, vai ser muito bom encontrar todo mundo.

Aquele "ratinho" é um menino espigado, de 12 anos, cheio de namoradas, levado da breca. Lindo.

Mamãe nunca teve boa saúde, mas vai levando. Come feito um passarinho, bem pouquinho, e fala menos ainda. Papai sempre viajando. Quando chega, é como se chegasse um rei.

Desculpe, tia Laurinda, se eu me esqueci da senhora! É que estes últimos anos têm sido cheios de tarefas, cheios de planos, cheios de desafios, cheios de vida, cheios de gente. E gente é muito melhor do que qualquer boneca, do que qualquer brinquedo, bem que a senhora dizia! Mas eu lhe sou grata por todas as bruxas de pano, por toda beleza, por todo carinho que pôs na minha infância.

O tempo passa. A vida passa. As coisas passam. Bem passadas. Mal passadas. Ficam lembranças boas, divertidas, amargas. Ficam seqüelas para sempre, principalmente daquilo que não se discutiu abertamente.

A saudade de tia Bisa não passa, dói fundo. As paredes brancas do quarto... as rodas queimadas... Por que não me contaram? O silêncio, pai de tantos males, engendra fantasmas indeléveis.

Eu abraço o quadro emoldurado e o aperto contra o peito, com força, e deixo a saudade rolar na forma de lágrimas. Cento e quatorze anos depois ela está presente. Viva. Se eu tiver uma filha, se chamará Laurinda.

FIM

Sobre a Autora

A autora deste livro, Martha de Freitas Azevedo Pannunzio, nasceu em Uberlândia, Minas Gerais, em 4 de fevereiro de 1938, filha de Afrânio Francisco de Azevedo e Joaninha de Freitas Azevedo.

É formada em letras neolatinas pela Universidade Mackenzie, em São Paulo, e em comunicação visual e artes, pela Universidade Federal de Uberlândia. Foi, durante 31 anos, professora de latim, francês e português, e se especializou em técnicas de redação e literatura infanto-juvenil. Foi vereadora por dois mandatos. É socialista.

Martha só escreve sobre fatos e personagens concretos e os retrabalha de acordo com sua sensibilidade. Produziu *Veludinho*, em 1976 — Prêmio de Literatura Infantil, INL/1979 —, *Os três capetinhas*, em 1980, *Bicho-do-mato*, em 1986 — Prêmio da Associação Paulista de Críticos de Arte/APCA, e *Era uma vez um rio*, em 2000. Considera-se perfeccionista e preguiçosa.

Seus livros têm merecido críticas elogiosas dos especialistas mais severos do Brasil. São lidos com muito carinho pelas crianças e adolescentes e constituem sucesso de vendas. Todos tiveram grandes tiragens, integrando projetos nacionais importantes, como Ciranda de Livros, MEC-FAE, Sala de Leitura, INL, Cantinho de Leitura etc. Quando lhe perguntam de qual deles gosta mais, Martha sorri e diz: "Livro é como filho, a gente gosta de todos."

Em 1993, deixou definitivamente a cidade e foi em sua fazenda, em contato com a natureza, que descobriu o cerrado, pelo qual se apaixonou. E é da cumplicidade com a vida rural que ela pretende prosseguir sua produção literária.

Se você quiser falar com a Martha, escreva para Rua Quinze de Novembro, 364, Centro — CEP 38400-214 — Uberlândia — MG, ou ligue para (34) 3234-4279.

Glossário

Capolunguinho: diminutivo de Joviano Capolungo
Chué: sem graça
Corre-cotia: permanência de curta duração
Corrutelinha: vilarejo
Dar um acesso em riba: desmaiar em cima
De déu em déu: de casa em casa
Eco: que nojo!
Espandongar: esfrangalhar, estragar
Especula: perguntadeira
Essa-boca-é-minha: o mesmo que não dizer nada
Estrambótico: extravagante, excêntrico
Ficar um setenta: ficar brava demais
Igrejeiro: beato, carola
Jeitinho leteque: jeitinho afeminado
Não poder com uma gata pelo rabo: não ter dinheiro
Seca e verde: colheita o ano todo, na estação da seca e das chuvas
Torniquete: instrumento destinado a apertar ou a cingir apertando; no texto refere-se a aborrecer muito
Trololó: conversa fiada

Este livro foi impresso nas oficinas da
DISTRIBUIDORA RECORD DE SERVIÇOS DE IMPRENSA S.A.
Rua Argentina, 171 – Rio de Janeiro, RJ
para a
EDITORA JOSÉ OLYMPIO LTDA.
em setembro de 2002

*

70º aniversário desta Casa de livros, fundada em 29.11.1931